Kathrin Klein

Eine Geschichte

AF176776

Danke

an Rebekka für das Zeichnen des Titelbildes

und

an meine Mama für das Lektorieren

Kathrin Klein

Eine

Geschichte

Bibliografische Information der Deutschen Nationalbibliothek:
Die Deutsche Nationalbibliothek verzeichnet diese Publikation
in der Deutschen Nationalbibliografie, detaillierte bibliografische
Daten sind im Internet über http://dnb.dnb.de abrufbar.

Herstellung und Verlag:
BoD – Books on Demand, Norderstedt

ISBN: 9783753422510

Inhaltsverzeichnis:

Die neue Klasse.................................7
Steine und Haare.............................28
Nach Russland, zu Jette, wieder zur Schule. .53
Was macht sie hier?........................73
Wir brauchen die Feuerwehr.........................92
Wir brauchen die Polizei..............................115
Wir brauchen den Krankenwagen................139
Jetzt wird's spannend...................................158
Schwarzer Kater..175

Über die Autorin...191

Die neue Klasse

Cyrille lag noch immer wach in ihrem Bett und durchlief in Gedanken noch einmal die Ferien, da morgen ein neues Schuljahr beginnen würde.

Sie war mit ihrer Familie in Deutschland am Bodensee gewesen, hatte Rudern gelernt, ihrer Großtante, die dort seit fünf Jahren lebte, beigebracht wie man Emails verschickt und die süßesten Eichhörnchen der Welt gesehen.

Sie hatte viel Spaß dort gehabt, obwohl sie Deutsch kaum verstand. Zum Glück konnten die meisten Englisch.

Zurück in Nord-Südland hatte sie ihrer Klasse mitgeteilt, dass sie die Schule wechseln würde und viele ihrer Freunde so schnell nicht wiedersehen könnte.

Cyrille hatte es ihnen nicht früher erzählt, damit diese es ihr nicht hätten ausreden können, doch jetzt waren sie wütend auf sie, weil sie es nie erwähnt hatte, und wollten sie gar nicht mehr sehen.

Sie wusste nicht, wie sie es wieder regeln sollte, sie hatte sich nicht einmal richtig verabschieden können.

Darüber war sie traurig, doch sie hatte einen wichtigen Grund für ihren Wechsel: Sie wollte zur selben Schule gehen wie ihre Schwester

Carola.

Diese ging in der Stadt, in der sie lebten, zur Schule, zum Siegesmund-Eberhardt-Gymnasium.

Cyrille war damals noch an der Schule ihrer alten Heimatstadt eingeschult worden, von der sie drei Monate später weggezogen waren.

An der für sie neuen Schule musste sie Schuluniform tragen, jedoch durfte jeder Schüler selbst entscheiden, welche Farbe er trug solange es das gleiche Modell war.

Erst gestern war das Paket mit fünf Hosen, drei Röcken und acht Pullovern in unterschiedlichen Farben gekommen.

Cyrille hatte eigentlich hauptsächlich orange und lila, ihre Lieblingsfarben, gewollt, doch ihre Mutter meinte, das wäre zu auffällig, um es jeden Tag zu tragen, und nun waren auch weiß und schwarz dabei.

Modeschmuck zu tragen war erlaubt, doch echter Schmuck war verboten, was für Cyrille kein Problem war, da sie nur Haarbänder trug.

Durch die unterschiedlichen Farben war es zwar nicht mehr wirklich eine Uniform, doch wenn es keine Möglichkeit gegeben hätte, sich selbst auszudrücken, hätten viele Schüler es anderweitig versucht und es vermutlich damit übertrieben, was garantiert nicht Sinn und Zweck der Sache war.

Cyrilles Mutter hätte zwar nur schwarz und weiß bestellt, da sie glaubte, dass die meisten dies tragen würden. Doch weil sie Carolas grün und blau akzeptiert hatte, musste sie auch hier nachgeben.

Während Cyrille noch über das alles nachdachte übermannte sie der Schlaf, wobei er sie eher überfraute, da sie ein Mädchen war, was in der Grundschule aufgrund ihres doch eher seltenen Namens nicht alle sofort gemerkt hatten.

Dies war ein weiterer Grund für ihre hüftlangen Haare, da Jungs diese doch eher selten trugen.

Doch darüber, und ob sie in ihrer neuen Klasse gleich als Mädchen erkannt werden würde, konnte sie jedoch nicht mehr nachdenken, da sie ja bereits schlief.

Am nächsten Morgen weckte sie ein seltsames Kratzen und sie wusste auch sofort, was es war, nämlich die Krallen von Tom, dem Kampfdackel, an Carolas Zimmertür.

Cyrille stand auf, um ihn zu beruhigen. „Oh nein, jetzt fängt er auch noch an zu bellen!"

„Cyrille, Carola, was ist denn schon wieder mit dem Hund los?" Cyrilles Mutter kam den Gang entlang.

Cyrille zerrte Tom von der Tür weg und schaffte es, die Lautstärke von einem Bellen auf ein Winseln zu reduzieren. „Er hat doch die ganzen Ferien hier drin nicht gebellt, und heute am ersten Schultag fängt er wieder an!", rief Cyrilles Mutter und sah so aus, als ob sie nicht wüsste, ob sie Cyrille oder Carola die Schuld geben sollte.

„Die Ferien über sind wir später ins Bett und Tom versteht nicht, warum jetzt alles anders ist", versuchte Cyrille ihn zu verteidigen, doch ihre Mutter war immer noch wütend: „Ihr müsst eben früher ins Bett, damit ihr morgens früher aufstehen könnt, das ist wichtig. Wenn er morgens immer bellt, dann schmeißen die Vermieter uns irgendwann noch raus! Wo ist jetzt Carola? Carola!"

„Ich muss noch fertig lesen."

„Was musst du denn jetzt noch lesen, du bist doch gestern mit dem Buch fertig geworden!", rief ihre Mutter und sah Tom immer noch streng an.

„Ich hab schon wieder ein neues angefangen", kam ihre Antwort.

Cyrille lachte, ihre Mutter atmete tief schnaufend ein, als Carola endlich die Zimmertür öffnete. Tom sprang sie sofort an und warf sie zu Boden.

Cyrille versuchte, sie zu befreien und als sie es schließlich geschafft hatte, kam ihr Vater aus der Küche und rief: „Frühstück ist fertig!"

Das war es, was sie jetzt alle brauchten.

Cyrilles Vater hatte Rührei gemacht, doch Tom bekam nur Trockenfutter, worüber er sich sehr ärgerte. Carola gab ihm unter dem Tisch ein paar Schinkenwürfel, was niemand bemerkte, weil ihre Mutter am Telefon mit einer Freundin redete, ihr Vater die Zeitung las und Cyrille sich zu viele Gedanken über die neue Schule machte: *Was, wenn jemand eine aus meiner alten Klasse kennt? Die haben ihr bestimmt schon erzählt, was für eine `schreckliche´ Freundin ich doch bin*, dachte sie traurig.

Ihre Mutter hatte endlich aufgehört zu telefonieren. „Carola, nochmal zu Tom: Könntest du ihm bitte beibringen, dass er morgens nicht bellt?"

„Warum? Ist doch ein super Wecker", erwiderte diese und streichelte Tom.

„Aber nicht jeder in diesem Haus will um diese Zeit aufstehen!" „Das denkst du, Mama, aber ich sage dir, dass das Treppenhaus jeden Morgen um sieben Uhr voll ist, weil fast jeder um diese Zeit außer Haus geht."

„Ja, aber eben nur *fast* jeder, meine Liebe, du wolltest ihn doch sowieso für das Turnier in drei Wochen trainieren, das kannst du doch bestimmt noch mit unterbringen, hm?"

„H-hm", machte Carola, die schon längst wieder beim Essen war.

Die Zeit verging schnell und Cyrille und Carola mussten los (sie wohnten nur fünf Minuten von der Schule entfernt).

Das Treppenhaus war wirklich sehr voll und die

Nachbarn ließen kein Wort über Tom verlauten.
Cyrille machte sich derweil wieder Gedanken über ihre neue Schule, die für Carola nichts besonderes mehr war; „Also, wo ist nochmal die Mensa?" „Zwischen den Musik- und den Kunstsälen." „Und wo ist der Wasserspender?" „In der Aula, gleich neben der Eingangstür."
Cyrille stellte noch viele weitere Fragen, bis sie sich schließlich trennen mussten, da ihre Klassenzimmer in unterschiedlichen Gängen waren.
Sie vergewisserte sich dreimal, ob es wirklich ihr Klassenzimmer war, bevor sie hineinging.
Wie sie es erwartet hatte, trug niemand weiß und schwarz, sie hatte sich also nicht umsonst für ihre bunte Variante entschieden.
Die Klasse schien recht normal zu sein, mit Ausnahme zweier streitender Mädchen neben der Tür.
Das eine Mädchen hatte einen hässlichen Dutt, schlecht überschminkte Pickel und verklumpten Eyeliner auf den Wimpern, ihre Uniform war pink und blau. Sie hielt ein gefälschtes iPhone in der Hand und versuchte das andere Mädchen, welches blau und schwarz trug, zu photographieren.
Diese jedoch hielt ihre Hände vors Gesicht und versuchte, auch ihre Haare zu verdecken, welche abstanden und grau waren.
„Boah, ey, Fetti, jetzt lass mich'n Foddo machen, damit meine Follower wissen, wie häss-

lich du bist!"

Ein blondes Mädchen in rot und blau stürmte an Cyrille vorbei und auf das Mädchen mit dem Handy zu.

Sie schlug es ihr aus der Hand, was dem Mädchen gar nicht gefiel: „Boah, maan, bist du blöd Sabrina? Jetzt is mein tolles iPhone bestimmt kaputt, ey!"

„Bruneline, wir wissen beide, dass es gefälscht ist und Jette weiß es auch."

„Fetti weiß gar nix, die is dumm wie Brot. Wollt ich ja auch meinen Followern zeigen, aber du musst ja immer Fetti beschützen, weil sie es allein nicht schafft!" Bruneline lachte abwertend und schubste Sabrina weg.

„Du hast nicht mal Follower, hattest du noch nie und wirst du auch nie haben!", rief Sabrina und rieb sich die Schulter.

„Äh, Sabrina, wie löscht man die Fotos?" Jette hatte Brunelines Handy, welches doch nicht kaputt war, aufgehoben und wollte die Fotos, die Bruneline von ihr gemacht hatte löschen, doch bei der Fälschung schien es nicht zu funktionieren.

„Gib mir mein Handy, du blödes Vieh!" Bruneline wollte Jette ins Gesicht schlagen, doch Sabrina hielt sie zurück.

Cyrille wusste, dass sie Jette und ihr helfen musste und somit ging sie zu Jette und löschte die Fotos.

Gerade als das letzte weg war, riss Bruneline sich los und stürmte auf Cyrille und Jette zu.

Jette machte vor Schreck aus Versehen ein Foto von Bruneline. Diese riss den beiden das Handy aus den Händen, schubste sie gegen das Fensterbrett und stolzierte davon.

Bruneline merkte in ihrem Eifer nicht, dass sie selbst auf dem Bild war und schickte es ab mit der Beschreibung: `So hässlich!´. „Ist die immer so?", fragte Cyrille, weil ihr nichts anderes einfiel. „Ja, leider, sie ist die Oberzicke der Klasse. Keiner mag sie."

„Und warum ist sie so gemein zu euch?" „Sie meckert jeden an, weil sie sich für perfekt hält, und ich eben durch meine Haare etwas anders bin." „Wieso stehen deine Haare eigentlich so ab?", fragte Cyrille. „Ich weiß es nicht. Es ist schon so, seit ich denken kann."

„Bist halt 'n erbärmliches Opfaa!", rief Bruneline. „Ich weiß zwar nicht, wer du bist, aber so etwas möchte ich in meiner Klasse nicht hören!", rief eine Lehrerin, die gerade hereingekommen war.

„Hi Leute", rief ein Mädchen mit braunen lockigen Haaren in grüner und beiger Kleidung. „Hi, Cassi! Und, wie war dein Sommer?" „Gut, wir waren auf Sylt." „Gab es viel zu essen?", fragte Jette und machte große Augen.

„Du denkst nur ans essen. Cassi, das ist übrigens ..., äh wie heißt du eigentlich?", fragte nun Sabrina. „Cyrille. Ich schätze mal, in dieser

Klasse haben fast alle seltsame Namen."

„Es geht eigentlich. Ich bin gespannt, welche Lehrer wir dieses Jahr haben."

„Das kann ich euch sagen, wenn ihr euch hinsetzt", sagte die Lehrerin. „Kann ich mit euch in einer Reihe sitzen?", fragte Cyrille hoffnungsvoll. „Ja klar", rief Jette und so setzten sie sich nebeneinander.

„Also, ich bin Frau Wilhelm-Ludwig, eure Klassenleiterin, und ich unterrichte euch in Geschichte. So, gibt es noch irgendwelche Fragen?" „Wie viele Exen schreiben wir pro Halbjahr?", fragte Jette. „Na ja, ich muss mit den Noten herumkommen, also zwei." Die ganze Klasse stöhnte auf.

„Gut, dann lese ich jetzt die Klassenliste vor", erklärte Frau Wilhelm-Ludwig und zog eine Liste aus ihrer Tasche, „Bergschmidt, Cyrille? Frühling, Cassandra? Goschn, Bruneline? Aha, das bist also du. Hint, Florian und Sabrina? Seid ihr Zwillinge?"

„Ja", riefen die beiden. „Hof, Jette? Johannson, Johannes? Kurz, Kurt? Lanka, Sri? Lonz, Lola? Mjarsjajeff, Vladimir?" Und so ging es weiter bis zu „Walter, Sebastian? Gut, wenn alle da sind, dann lese ich jetzt den Stundenplan vor. Also, Montag, erste Stunde Englisch bei Herrn Joke."

„Was'n das für 'n scheiß Name, der kann wahrscheinlich nicht mal richtig reden." „Bruneline, ich möchte dir nicht gleich am ersten Schultag einen Verweis geben, also hör auf, Lehrer zu beleidigen!", rief Frau Wilhelm-Ludwig verärgert.

„Dann beleidig' ich eben die fette Jette. Hey, Jette, du bist fett und dumm." „Bruneline, jetzt reicht es aber! Du kommst jetzt mit zum Direktor!" „Wieso sollte ich?", zickte sie und verschränkte ihre Arme.

„Du freches Kind kommst jetzt mit zum Direktor, um dir deinen Verweis abzuholen, und wenn du jetzt nicht mitkommst, dann wird es ein verschärfter Verweis!"

Cyrille wusste zwar nicht, wie Frau Wilhelm-Ludwig sich sonst benahm, aber sie hoffte, sie nie wieder so sauer zu erleben.

Frau Wilhelm-Ludwig brauchte noch ein paar Minuten, um Bruneline zum Gehen zu bewegen, und als sie es endlich geschafft hatte, und Bruneline aufstand, machte diese mit ihrem Kaugummi eine Blase direkt in Frau Wilhelm-Ludwigs Gesicht.

Diese wischte sich die Pampe grob weg und schleifte Bruneline zur Tür hinaus.

„So eine blöde Kuh", rief Cyrille und die ganze Klasse stimmte ihr zu. „Hoffentlich fliegt sie von der Schule", meinte Florian.

Es dauerte fast die ganze erste Stunde, bis Frau Wilhelm-Ludwig und Bruneline wieder zurückkamen.

Bruneline hatte ein Blatt in der Hand, das offenbar der Verweis war. „Und denk daran, dass deine Mutter das unterschreiben muss." „Ja, ja, ja," sagte Bruneline genervt.

„So, zurück zum Stundenplan. Zweite Stunde Deutsch bei Frau Felsenstein, 3. Stunde Biologie und da habt ihr Herrn Vogel, 4. Stunde Kunst, bei Frau Ismus"

„Wie heißt die?", rief Florian. „Frau Ismus, sie unterrichtet auch Sozialkunde und das Oberstufen-Wahlfach Psychologie, aber ihr habt sie nur in Kunst. 5. Stunde Geschichte bei mir und schließlich Mathe bei Frau Leid in der 6. Stunde..."

Und schließlich wurde die Woche vollendet mit Geographie bei Herrn Tasman.

„So, dann noch etwas organisatorisches: Dieses Jahr fährt unsere Klasse ins Schullandheim, nämlich in fünf Wochen und da möchte ich euch bitten, euch schon mal die Zimmerverteilung zu überlegen, es gibt Vierer- und Sechser-Zimmer, und dann ...", doch weiter kam sie nicht, denn sogleich begann eine wilde Diskussion darüber, wer mit wem ins Zimmer ging.

Cyrille, Jette, Sabrina, und Cassandra würden sich ein Zimmer teilen, ebenso Florian, Sebastian, Johannes und Vladimir.

Frau Wilhelm-Ludwig notierte sich noch die übrigen Zimmer, doch da gab es ein Problem: Niemand wollte mit Bruneline in ein Zimmer und auch sie wollte sich mit niemandem aus der

Klasse ein Zimmer teilen.

„Ach, Leute, kommt schon, wir sind doch sowieso den ganzen Tag unterwegs."

„Boah, ne ey, ich hab' kein'n Bock!", rief Bruneline dazwischen. „Aber warum denn nicht?", fragte Frau Wilhelm-Ludwig. „Na, die sind alle so hässlich, was sollen die Jungs in dem Kaff dann von mir denken?"

„Wo fahren wir überhaupt hin?", fragte Jette. „Nach Brammingen, und das ist kein Kaff, Bruneline. Außerdem kann es dir doch egal sein, was die Jungs dort von dir denken."

„Und so, wie du dich benimmst, mag dich eh keiner." „Alter, Basti, du Spasti, halt dich da raus."

„Und wir sind auch nicht hässlich." „Fresse, Lola, Alter, ich hasse euch alle!" „Bruneline, jetzt ist es aber genug! Streiten ist zwar noch nicht verboten, aber bitte werft euch keine Beleidigungen an den Kopf." Frau Wilhelm-Ludwig war offensichtlich sauer.

Bruneline schrieb daraufhin alle möglichen Beleidigungen auf Zettel - natürlich falsch geschrieben - und warf sie fast allen ihren Klassenkameraden an den Kopf.

„Bruneline, ich habe gesagt, *keine* Beleidigungen, und wenn du jetzt nicht aufhörst, dann schreibst du etwas anderes, und zwar die Schulordnung ab!"

Der Streit mit Bruneline verschwendete noch ei-

18

nige Zeit und man kam auch nicht zu einem Ergebnis.

Als es zur zweiten Pause klingelte, verließ Frau Wilhelm-Ludwig schnell das Klassenzimmer. Sie wirkte erschöpft.

„Was machen wir jetzt in der Pause?" fragte Cassandra. „Wir könnten zu Caro gehen." „Ist das deine Schwester?" „Ja, ist sie. Also, gehen wir zu ihr?" „Von mir aus gern", sagte Cassandra und auch die anderen beiden stimmten zu.

Carola und ihre Freundinnen standen in der Aula und unterhielten sich über ihren neuen Stundenplan und ihre Lehrer. Oder besser gesagt: sie beschwerten sich.

„Hätten die uns nicht einen anderen Lehrer geben können? Geo an sich, ist ja eigentlich ganz schön, aber beim Teufel ist es so blöd!"

„Hey, Caro! Was ist denn passiert?", fragte Cyrille besorgt. „Wir haben den Teufel in Geo." „Wen?" „Herrn Tasman. Er ist schrecklich! Deswegen nennen wir ihn Tasmanischer Teufel, aber weil die Lehrer das zu einfach erraten würden und wir dann einen Verweis bekämen, nennen wir ihn einfach Teufel." „Wir haben ihn dieses Jahr auch. Ist er wirklich so schlimm?" Cyrille machte sich nun große Sorgen.

„Ja. Letztes Jahr hatten wir ihn in der sechsten Stunde und er hat ewig überzogen! Ach ja, du hast das ja nicht mitbekommen, weil du mit dem Bus ja sowieso später kamst. Aus meiner

Klasse haben viele immer wieder ihren Bus verpasst. Und dieses Jahr haben wir den Teufel wieder! Und auch noch beide Male in der sechsten Stunde!" Carola war verzweifelt.

„Wir haben ihn am Freitag in der sechsten Stunde." „Am Freitag! Mein Beileid, Cyrille. Ich frag' mich echt, warum ausgerechnet wir ihn immer in der sechsten Stunde haben."

„Ich hab' den Eindruck, dass er wartet, bis diese Verrückte weg ist", sagte eine von Carolas Freundinnen.

„Welche Verrückte?" fragte Cyrille irritiert.

„Manchmal ist da so eine verrückte Frau im Pausenhof; sie raucht immer und lallt vorbeikommende Schüler an.

„Und wieso unternehmen die Lehrer nichts dagegen?" „Versuchen sie ja, aber wenn sie sie zur Rede stellen wollen, ist sie komischerweise nie da." „Seltsam", fand auch Cyrille.

In diesem Moment klingelte es zum Pausenende.

Carola vereinbarte mit Cyrille, dass sie sich nach der Schule am Eingang treffen würden und alle liefen wieder zu ihren Klassenzimmern. Da heute Dienstag war, hatten sie in der fünften Stunde Mathe. „Lasst euch nicht von meinem Namen täuschen, nicht ihr werdet leiden, sondern ich. Ich hatte nämlich überhaupt keine Lust, Mathelehrerin zu werden. Ich wollte Bio und Geo nehmen, aber in meinem Jahrgang waren so viele, die Geolehrer werden wollten, und dann hatte ich Angst, dass wenn ich Geo nehme, ich keinen Job bekomme, und so habe ich Mathe genommen. Ich weiß, wie sehr die Schüler Mathe hassen, und ich kann es auch verstehen. Ich versuche immer, so wenig Mathe-Klassen wie möglich zu bekommen. Dieses Jahr seid ihr meine einzige Klasse in Mathe."

„Oh, das tut uns leid, dass wir ihnen das Jahr vermiesen." „Es ist ja nicht eure Schuld, äh ..." „Cassandra." „Cassandra, es ist nicht eure Schuld, und außerdem habt ihr in der achten Klasse nur drei Stunden Mathe pro Woche. Dann müsst ihr nicht so viel Leid ertragen. Wortwörtlich."

Abgesehen davon, dass Frau Leid immer ein bisschen traurig wegen ihrer unfreiwilligen Mathe-Karriere war, war sie eine gute Lehrerin. Sogar Bruneline beleidigte sie nicht, und das wollte was heißen.

Cyrille und ihre Freundinnen waren sich einig, dass Herr Tasman daran Schuld war, dass Frau Leid keine Geolehrerin hatte werden können, denn er unterrichtete schließlich Geo und schien so alt wie sie zu sein. Folglich war er der gewesen, der für die Überzahl der Geolehrer verantwortlich war. - Doch sie konnten es nicht beweisen.

Die letzte Stunde verbrachten sie schließlich bei Frau Knoblauch in Religion. Vladimir war in

Ethik verschwunden und Kurt und Branda waren zu Katholisch gegangen, also war es mit insgesamt 19 Leuten eine recht kleine Gruppe.

Geredet wurde trotzdem die ganze Zeit, was Frau Knoblauch gar nicht wirklich wahrzunehmen schien.

Sie stellte ihnen auch gleich das erste Thema für dieses Schuljahr vor. Nicht etwa ein normales Thema, wie Martin Luther, oder der Islam, sondern: Vampire!

„Hä? Was haben Vampire denn bitte mit Religion zu tun?", fragte Sören auch gleich. „Na, das ist doch klar! Vampire weichen zurück, wenn sie Kreuze sehen, und sie meiden Kirchen und Pfarrer. Weißt du das denn nicht?"

„Doch, aber es passt trotzdem nicht zu Religion. Und außerdem: Wenn wir schon alles wüssten, dann müssten Sie es uns ja gar nicht mehr beibringen, also ist es doch gut, wenn ich Fragen stelle."

„Du kannst doch zu jedem anderen Thema Fragen stellen, aber doch nicht zu Vampiren! Du hast natürlich völlig recht, ich muss euch nichts mehr beibringen. Ich will euren Wissensstand prüfen und deswegen habe ich gleich einmal einen kleinen Test mitgebracht."

Sie holte daraufhin einige Blätter aus ihrer Tasche und teilte sie aus. „So, ihr habt 20 Minuten Zeit. Keine Angst, er wird nicht benotet, aber arbeitet bitte trotzdem einzeln. Ich werde herum-

gehen und schauen, ob ihr das auch tut."
Dass sie dabei selbst wie eine Fledermaus aussah, schien sie jedoch nicht zu bemerken.

Auf dem einseitigen Test stand:

Vampire

Name: _____

1. Nenne vier Dinge, bei deren Kontakt ein
   Vampir stirbt.
   _____

2. Nenne vier Dinge, an denen man einen
   Vampir erkennen kann.
   _____

3. Kreuze die richtige Antwort an:
   a) In welches Tier kann sich ein Vampir
   verwandeln?
   O Höllenhund
   O Spinne
   O Fledermaus
   O Hai
   O Skorpion
   b) Wovon ernährt sich ein Vampir?
   O Elektroschrott
   O Birnen
   O Drogen
   O Blut
   O Holz

Nach diesem doch sehr seltsamen Test erzählte Frau Knoblauch ihnen die Legende von Graf Dracula, der wirklich existiert hatte und ein grausamer Graf in Transsylvanien, im heutigen Rumänien, gewesen war und von dem die Leute sich erzählt hatten, dass er ein Vampir gewesen sei.

Natürlich war es klar, dass dies nicht stimmte, doch Frau Knoblauch sah so aus, als ob sie es glaubte.

Sie versuchte, die ganze Klasse davon zu überzeugen, und die Lage wurde erst entschärft, als Cassandra über Fledermäuse in Südamerika erzählte, die Blut tranken und man daher glaubte, dass Vampire sich in Fledermäuse verwandeln könnten.

Das Wort 'glaubte' gefiel Frau Knoblauch zwar nicht, aber sie trug es trotzdem als guten Unterrichtsbeitrag in ihre Liste ein.

Sie wollte gerade wieder anfangen zu reden, als es klingelte und alle schnell aus dem Klassenzimmer stürmten.

„Ich hab' ja nicht wirklich was gegen das Thema, solange wir das nicht länger als bis zu den Herbstferien durchnehmen, aber die Frau scheint echt daran zu glauben. Ich frag' mich, wie die Lehrerin werden konnte", sagte Sabrina ungläubig.

„Ich glaube, sie ist noch Referendarin." „Stimmt,

hast recht, Cassi. Na ja, ich muss dann mal los. Ey, Flori, warte auf mich!", rief Sabrina und rannte ihm nach.

„Ich muss auch los, Caro wartet schon." Cyrille verabschiedete sich von ihnen und lief zu Carola hinüber.

„Jetzt muss ich mir angewöhnen, dass ich immer auf dich warte, Yri", sagte diese und sie gingen zusammen nach Hause.

„Ich hab' euch Spätzle gemacht!", rief ihre Mutter, als sie nach Hause kamen. „Wo ist Tom?", fragte Carola besorgt während sie ihre Schuhe auszog. Er begrüßte sie sonst immer.

„Draußen im Garten, aber wir essen jetzt, Carola. Carola! Carola, komm zurück!" Doch Carola war schon im Garten verschwunden und kam erst vier Minuten später mit Tom und mit dreckigen Händen und Socken wieder herein.

„Ach, Carola", sagte ihre Mutter kopfschüttelnd, während diese im Badezimmer verschwand.

„Und Cyrille, wie geht's dir denn so? Wie ist denn deine neue Klasse, und wie sind die Lehrer?" „Also meine Lehrer, na ja, ich hatte heute noch nicht alle, aber sie scheinen ganz okay zu sein, obwohl - Frau Knoblauch ist schon etwas seltsam."

Und Cyrille erzählte ihrer Mutter, was vorgefallen war.

„Seltsame Frau, na ja, jetzt esst erst mal, ihr

zwei. Ach Cyrille, du hast mir meine andere Frage noch nicht beantwortet. Wie ist deine Klasse? Erzähl mal." Sie setzte sich gegenüber von Cyrille und Carola, die inzwischen aus dem Bad zurückgekehrt war.

„Da ist eigentlich auch nur eine blöde, Bruneline heißt sie, und sie ist zu allen gemein."

„Was ist das denn für ein ungezogenes Mädchen! Und wie heißt sie, Bruneline? Was ist das denn für ein seltsamer Name!"

„Das musst gerade du sagen, wo du uns doch 'Cyrille' und 'Carola' genannt hast!", rief Carola. „Aber das sind doch so schöne Namen, meine Süße!" „Nein, man heißt entweder Caroline oder Carolin, vielleicht noch Carolina, aber doch nicht Carola!" „Doch, na ja, ist ja auch egal. Und, Cyrille, hast du denn schon Freunde gefunden?" „Ja, drei: Sabrina, Cassandra und Jette."

„Na, das ist ja schön, Cyrille! Dann kannst du die drei ja mal *zu uns* einladen!" „Mama, ich kenne die drei gerade mal einen Tag! Ich hab' nicht mal ihre Nummern, stimmt, da muss ich die drei morgen gleich fragen. Ach übrigens, wir haben einen Elternbrief bekommen mit Informationen zum Schullandheim", sagte Cyrille und holte ihn aus ihrer Tasche.

„Gut, dann lese ich ihn mir gleich durch", rief ihre Mutter und ging endlich, so dass die beiden Schwestern in Ruhe essen konnten.

Als sie fertig waren stellte Cyrilles Mutter ihr noch viele Fragen zum Schullandheim, obwohl das meiste auf dem Zettel stand, was sie jedoch erst nach einer Viertelstunde bemerkte.

„Mama, bitte, Caro und ich wollen doch Karaoke singen, und zwar heute noch."

„Nein, Cyrille, erst erzählst du mir etwas über deine Freundinnen. Sind sie denn auch anständig? Und hat eine von ihnen denn schon einen Freund?", fragte ihre Mutter forschend.

„Natürlich sind sie anständig, warum sollten sie es denn auch nicht sein? Und einen Freund hat, soweit ich weiß, keine. Und selbst wenn, was wäre denn bitte so schlimm daran?" „Meine Mutter hat mir immer gesagt, dass man in dem Alter noch keinen Freund haben darf. Und ich höre auf meine Mutter, das solltest du übrigens auch tun!" „Was? Auf deine Mutter hören?" „Nein, auf mich hören, Cyrille!"

Steine und Haare

Der nächste Schultag kam schneller als gedacht und ehe Cyrille es sich versah, standen ihre neuen Freundinnen wieder vor ihr.

Ihre Sorgen waren komplett unbegründet gewesen, es kannte niemand auch nur eine ihrer alten Freundinnen, noch hatten sie Zweifel daran, dass sie ein Mädchen war, wobei auch niemand etwas gegen Sabrinas Kurzhaarfrisur zu haben schien.

Frau Wilhelm-Ludwig kam ins Klassenzimmer und alle bis auf Bruneline waren ruhig. „So, dann gebt mir mal eure Anmeldungen fürs Schullandheim, ach ja, ich habe Bruneline jetzt zu Martha und Libby. Ist das Okay?"

Die beiden nickten, Bruneline zuckte mit den Schultern und nickte dann auch. Danach starrte sie wieder auf ihr Handy.

„Bruneline, gib das sofort her, du kannst es dir nach der Stunde wieder abholen. Also, erstes Thema, die Urwald-Kriege von 1639-43 zwischen, ja?"

„Zwischen den Arokas und Mischigus, es war nicht mehr genug Land für beide Stämme da, weil die Einwanderer aus Europa es ihnen weggenommen hatten, und die ..."

„Danke, Cassandra, aber lass auch die anderen etwas sagen, also wer weiß noch etwas darüber?" - Stille.

„Cassandra?", fragte Frau Wilhelm-Ludwig schließlich enttäuscht. „Und die Stämme stritten sich darum, wer wegziehen musste."

Cassandra erzählte alles, was sie wusste, was die ganze Stunde einnahm, worüber sich Frau Wilhelm-Ludwig jedoch zu freuen schien, denn erstens hatte sie somit weniger zu tun, zweitens hatte Cassandra ein Talent dafür, Dinge möglichst spannend zu erzählen, wodurch es besser in den Köpfen der anderen blieb, und drittens kannten alle Cassandra gut (bis auf Cyrille) und hörten ihr somit auch zu.

Danach hatten sie Chemie bei Frau Gas.

„Chemie ist so sinnlos", beschwerte sich Sabrina auf dem Weg zum Chemiesaal, während Jette eine Birne aß, „'Was kommt dabei heraus, wenn man Natriumhydrogencarbonat mit 2 Kohlenstoffatomen mischt?' Wen interessiert das?"

„Und was kommt wirklich raus?", fragte Cyrille.

„Keine Ahnung, eine Mischung aus Natriumhydrogencarbonat und 2 Kohlenstoffatomen eben."

Frau Gas hielt nichts von Hefteinträgen und erklärte, dass sie ihnen immer übersichtliche Arbeitsblätter austeilen würde, auf denen die Klasse ab zu ein paar Lücken ausfüllen müsste. Sie machte auch gleich ein Experiment und viele schienen sogar daran interessiert zu sein, außer Bruneline und Sabrina. Dies schien den beiden zu missfallen, da sie nicht derselben Meinung sein wollten.

Nach dem Unterricht wollten die vier Freundinnen zusammen zum Kiosk gehen, weil Jette Hunger hatte. Da hörten sie plötzlich Bruneline rufen: „Hey, Neue, komm mal her!" „Ich heiße Cyrille." „Is mir egal, komm her!" „Was ist denn?", fragte Cyrille und ging zu Bruneline hinüber.

„Du bist jetzt wohl mit Fetti und der dummen Sabrina befreundet, wie?" „Ja, und mit Cassandra auch." „Die is mir egal, es geht jetzt um die zwei. Wusstest du, dass die große Schwester von Fetti noch studiert und sich nicht um ihr Kind kümmert? Das muss jetzt bei Jette zuhause leben und ob's der da so gut geht, weiß ich ja nicht..."

„Eben, du weißt es nicht, also zieh keine voreiligen Schlüsse", antwortete Cyrille.

„Ich bin ja noch gar nicht fertig! Sabrina ist nämlich nicht ganz richtig im Kopf, die ..."

„Hör zu, such du keinen Streit mit mir, dann such ich auch keinen Streit mit dir, okay?", unterbrach sie Cyrille.

„Von mir aus, aber ich hab dich gewarnt!", rief Bruneline und stolzierte davon. Cyrille ging wieder zu den anderen.

„Und, was wollte sie?", fragte Sabrina. „Sie

wollte wissen, ob ich mit euch befreundet bin", antwortete Cyrille. „Und was hast du gesagt?" „'Ja'. Wieso, war das falsch?" „Nein, natürlich nicht!", rief Cassandra und umarmte Cyrille. Jette schloss sich auch mit an.

„Aber jetzt brauch ich was zu essen", sagte sie und die vier Mädchen liefen lachend zum Kiosk. Nach der Pause hatten sie Deutsch-Unterricht und Frau Felsenstein versuchte, so motiviert wie möglich zu wirken, was ihr jedoch nicht ganz gelang.

Sie erzählte ihnen alles, was ihr gerade über Deutschland einfiel. Da sie sehr schnell redete, verstanden es nicht einmal Cassandra und Martha, obwohl diese gut in Deutsch waren. Der ständige Themenwechsel machte alles noch schlimmer.

„Und die Oberpfälzer und die Franken haben immer wieder Streit, nichts Ernstes, aber sie lieben es, sich gegenseitig zu ärgern, besonders an Fasching, oder Karneval - oder wie auch immer. Es gibt auch mehrere verschiedene Wörter für `Berliner´. Die Berliner selber, also die Menschen, nennen es Pfannkuchen, aber ein Pfannkuchen ist für die meisten eigentlich etwas anderes. Zurück zu Bayern und Franken, ihr könnt euch nicht vorstellen, wie sehr sich die Bayern-Fans und Club-Fans hassen, also ich rede jetzt von Fußball, dass ist ja so ziemlich das einzige Vorurteil, dass stimmt. Es trägt übrigens niemand mehr Lederhosen und Dirndl, das hat auch nur etwas mit Bayern zu tun. Am Oktoberfest trägt man es natürlich schon, aber das ist ja nur einmal im Jahr, und das ist vielleicht ganz gut so, sonst wären Millionen Menschen mehr schon den Alkoholtod gestorben..."

Sabrina hatte nach der Stunde alle Hände voll zu tun, Bruneline in ihre Schranken zu weisen, denn als Frau Felsenstein gegangen war, fing sie wieder an zu meckern: „Boah, ey, ich könnt kotzen, die Lehrer sin' ja fast so nervig wie Fetti, ey." - „Und ich könnt kotzen, wenn ich dich nur reden hör! Aber bitte, wenn du einen Verweis willst."
„Wer sollte mir denn einen Verweis geben?"
„Zum Beispiel ich!", rief Herr Tasman, der gerade hereinkam.
Bruneline warf ihm einen bösen Blick zu. Herr Tasman sah sie ebenso vernichtend an und ging zum Pult.
„Hattet ihr Herrn Tasman schon mal?", flüsterte Cyrille Jette zu. „Nein, wieso?", antwortete diese. „Weil ich den Eindruck habe, dass Bruneline und Herr Tasman sich kennen." „Quatsch doch nich, woher sollten die sich kennen, der hat wahrscheinlich gehört, wie behämmert sie is, und mag sie deshalb nich. Is auch vernünftig", schimpfte Sabrina.
Doch Cyrille lies das Gefühl nicht los. Herr Tas-

man sah immer noch wütend zu Bruneline, während diese ungewöhnlich still war.

„Und sie war auch vorher nicht in einer anderen Klasse?" „Nein, leider nicht."

„Ruhe! Also, beginnen wir mit unserem ersten Thema für dieses Schuljahr: Nordafrika", rief Herr Tasman und schrieb die Überschrift an die Tafel.

Alle packten schnell ihre Hefte aus, um mitzuschreiben, was sich als besonders schwierig erwies, denn die Schrift von Herrn Tasman konnte niemand lesen. Das Wort `Nomaden´zum Beispiel sah aus wie `Vomaeler´.

Nur mit der Ausrede von Lola, dass sie ihre Brille daheim vergessen hätte, wiederholte er die Sätze, wobei Lola auch gleich von ihm angemeckert wurde, dass sie in Zukunft ihre Brille immer bei sich tragen sollte.

Danach wurde er noch verärgerter, weil sechs Schüler ihr Buch vergessen hatten .

Was Cyrille jedoch seltsam fand, war die Tatsache, dass Bruneline der Anweisung, sich zu Libby zu setzen und mit ihr das Buch zu teilen, nicht widersprach.

In der Pause begründete Sabrina dies damit, dass Bruneline einfach Angst vor einem Verweis hätte, doch Cyrille glaubte nicht daran: „Die müssen sich irgendwoher kennen!" „Vielleicht sind sie ja Nachbarn", meinte Cassandra. „Nein, Carola hat mir gestern erzählt, dass sie weiß, dass er in der Richterstraße wohnt. Sie hat mal eine Freundin dort vom Nachsitzen abgeholt. Bruneline wohnt aber laut Klassenliste im Heckenweg." „Dann weiß ich es auch nicht", antwortete Cassandra und auch Jette zuckte mit den Schultern.

„Bruneline und *Libby* kennen sich schon länger, aus der Grundschule, deswegen war es auch für sie in Ordnung mit ihr das Zimmer im Schullandheim zu teilen."

„Is doch egal, ob sie sich kennen. Hauptsache er hasst sie!", rief Sabrina.

„Ich hab den Eindruck, dass du dich mit ihr überhaupt nicht vertragen *willst*", meinte Cyrille.

„Natürlich nicht, sie beleidigt uns ja."

„Ihr könnt ja nachforschen solange ich weg bin und dann sagt ihr mir, was ihr herausgefunden habt", unterbrach Cassandra sie.

„Solange du weg bist? Was soll das heißen?", fragte Cyrille verwundert. „Ich fahre für vier Wochen zu meinem Austauschpartner Dimitri nach Russland. Letztes Jahr war er hier, und er und seine Familie sind sehr nett. Es ist nämlich so: Meine Tante hat den Onkel von Vladimir geheiratet und Dimitri ist unser beider Cousin."

„Aha, und wie bist du dann mit *Vladimir* verwandt?", fragte Cyrille.

„Eigentlich gar nicht, aber ich nenne ihn immer meinen verschwägerten Cousin zweiten Grades."

34

„Das klingt lustig. Na ja, dann viel Spaß in Russland, wann fliegst du denn?" „Am Samstag. Ihr drei könnt ja auch zum Flughafen kommen, wenn ihr wollt."

„Natürlich wollen wir!", rief Jette, „Aber erst verbringen wir die zweieinhalb Tage noch zusammen."

Es stellte sich heraus, dass Herr Joke seinem Namen alle Ehre machte; er war ein Witz.

Das nutzte Bruneline natürlich aus und legte ihre Füße auf den Tisch, um ihn zu provozieren. „Hey, äh, du, äh, nimm die Füße vom Tisch. Bitte."

„Nö", erwiderte Bruneline unbeeindruckt und kaute weiter ihren Kaugummi.

„Dann, äh, hör wenigstens auf zu essen." „Ich sag ihnen, was ich machen werde. Ich werde jetzt ein Foto von ihnen machen und es posten und sie können nix machen, sie Volldoofi, ha, ha, ha!"

Bruneline stand auf und hob ihr Handy hoch, doch da flog ein Stein quer durchs Klassenzimmer und schlug direkt gegen ihr Handy. Es fiel ihr aus der Hand und zerbrach. Bruneline stand wie angewurzelt da.

„Also, dass es eine Fälschung war, wussten wir ja alle, aber dass es so schlechte Qualität ist, hätte ich nicht gedacht", sagte Lola, woraufhin Bruneline zum Schreien ansetzen wollte, doch in diesem Moment kam die Lehrerin aus dem Klassenzimmer nebenan herein

„Was ist denn das für ein Krach bei euch, ach sie sind ja da, Herr Joke, dann kann ich ja wieder gehen."

„Nein, gehen sie nicht, ich halte diese Klasse nicht aus!", wimmerte Herr Joke und lief an ihr vorbei aus dem Klassenzimmer.

„So ein Jammerlappen", sagte Bruneline verächtlich. „Man beleidigt keine Lehrer", rief die Lehrerin. „Ich schon." „Du weißt aber, dass ich dich nachsitzen lassen kann, oder?" „Sie sollten lieber denjenigen nachsitzen lassen, der den Stein auf mich geworfen hat."

„Wie bitte, jemand hat einen Stein auf dich geworfen?" Bruneline nickte. Die Lehrerin war entsetzt. „Wer war das? Na los, raus mit der Sprache", rief sie und blickte prüfend durch die Klasse.

Da sich niemand meldete, wandte sie sich wieder Bruneline zu: „Aus welcher Richtung kam der Stein?" „Von da vorne", antwortete Bruneline und deutete auf den linken Teil des Klassenzimmers, in dessen hinteren Bereich sich ihr Sitzplatz befand.

Nach einer kleinen Diskussion beschloss die Lehrerin, dass alle in Frage kommenden Schüler nach Unterrichtsschluss im Klassenzimmer bleiben sollten.

Normalerweise wäre Cyrille nicht so besorgt gewesen, doch diesmal war auch sie eine der Verdächtigen. Und nochmal ins Klassenzimmer zurückzukehren war ein zusätzlicher Aufwand, da sie in der sechsten Stunde für Kunst das Klassenzimmer wechseln mussten.

Frau Ismus hielt ihnen einen langen Vortrag über Charles Dickens und merkte erst eine Viertelstunde später, dass dieser ja gar kein Maler gewesen war und sie diesen Vortrag für Psychologie vorbereitet hatte.

Daraufhin begann sie über Rembrandt zu reden, doch es hörte ihr sowieso niemand zu.

Alle rätselten, wer wohl den Stein geworfen haben könnte, mit Ausnahme des Werfers/der Werferin selbst.

Um ein Uhr liefen die 12 verdächtigen Schüler und Bruneline zum Klassenzimmer zurück, wo die Lehrerin schon auf sie wartete.

Alle sollten sich wieder auf ihren Platz setzen und Bruneline sich wieder genauso hinstellen wie vorher.

„Herr Joke hat mir erzählt, was vorgefallen ist. Also Bruneline du sollst die Lehrer nicht beleidigen oder Fotos von ihnen machen, das war falsch, aber ich schätze, das weißt du und darum geht es jetzt gar nicht. Wir sind hier um zu ermitteln, wer den Stein auf dich geworfen hat."

„Ich sag's mal so; wenn es eine aus der dritten Reihe gewesen wäre, dann hätten es die aus den ersten beiden Reihen gesehen, da wir alle zu Bruneline nach hinten sahen. Außerdem stimmt der Winkel überhaupt nicht und der Stein hätte auch nicht so viel Schwung gehabt. Und wenn man direkt vor Bruneline sitzt, so wie ich, dann hätte man ihr das Handy auch einfach aus der Hand schlagen können."

„Da hast du recht, Valentina, aber auch wenn es jemand aus der zweiten Reihe gewesen wäre, hätten es die aus der ersten Reihe sehen müssen."

„Nicht, wenn es Florian gewesen wäre, Sabrina würde ihn decken und ihre Freundinnen auch."

„Was unterstellst du hier bitte meinem Bruder, Bruneline, er hat überhaupt nichts mit der Sache zu tun!"

„Sehen sie, sehen sie, was ich meine!" „Ja, Bruneline, ich weiß, was du meinst. Es kommen also nur noch die vier Mädchen aus der ersten Reihe und Florian in Frage, also ..."

„Äh, Entschuldigung, dürften wir dann zum Bus?" Die Lehrerin nickte und Valentina und Sri liefen aus dem Klassenzimmer.

„Also, es gibt jetzt kein zurück mehr, wer von euch war es?" „Ich weiß es nicht", rief Cassandra, „Ich habe mich weggedreht, um nicht auf dem Foto zu sehen zu sein."

„Ich vermute, dass es Sabrina war, wir hassen uns."

„Ja, eben, und deswegen beschuldigst du mich auch!", rief Sabrina wütend.

„Ruhe! Also, da die Schuldige sich nicht freiwillig meldet, werde ich, äh - Bruneline, wurdest du dabei verletzt?"

„Nein" „Ok, also es ist nur dein Handy kaputt gegangen. Ich würde vorschlagen, dass du dir das Geld für ein neues Handy aus der Klassenkasse nimmst, ich kann hier nichts mehr machen."

„Ok", erwiderte Bruneline, wenn auch ein wenig traurig darüber, dass niemand bestraft worden war.

Sie alle gingen aus dem Klassenzimmer und Sabrina und Florian rannten sogleich los, um den Bus noch zu erwischen.

„Hast du eine Ahnung, wer es gewesen sein könnte?", fragte Cyrille Jette. „Es war Sabrina. Sie und Bruneline hassen sich vom ersten Tag an."

„Was? Aber warum denn eigentlich?" „Na ja, du musst wissen, dass Sabrina ihre Friseur-Besuche immer selbst zahlen muss, weil ihre Eltern es nicht einsehen, so viel Geld dafür auszugeben. Immerhin könne sie selbst oder ihre Mutter ihre Haare schneiden, aber Sabrina will, dass es der Friseur macht. Nach dem Motto `der Friseur hat ja eine Ausbildung´. Sabrina muss fast ihr ganzes Taschengeld dafür aufbringen, und ..."

„Aber warum will Sabrina unbedingt kurze Haare?", unterbrach sie Cyrille. „Sabrina will eben genauso aussehen wie Florian, aber das tut sie auch so nicht, selbst mit kurzen Haaren, aber sag ihr das bloß nicht! Sie ist in der fünften Klasse richtig ausgeflippt, als Bruneline ihr das gesagt hat."

„Ach, und deswegen hassen sich die beiden so sehr?"

„Genau. Bruneline hatte damals auch noch kurze Haare, ich glaube wegen einer Krankheit oder so. Ich habe versucht, den Streit zu verhindern, aber Bruneline ist auch auf mich losgegangen und hat über meine Haare geschimpft", erklärte Jette zu Ende.

„Das heißt, in dieser Klasse dreht sich alles nur um Haare?" „Kann man so sagen. Ach übrigens, hast du Lust, am Samstag zu mir zu kommen?" Cyrille willigte fröhlich ein.

„Wo warst du? Ich hab mir Sorgen gemacht", rief Carola Cyrille entgegen, als diese nach Hause kam.

Carola saß mit einem Schulheft, das Tom schon leicht angebissen hatte, auf dem Boden neben ihm und versuchte zwischen den angesabberten Seiten noch etwas zu lesen.

„Es hatte jemand einen Stein auf Bruneline geworfen und irgendeine Lehrerin wollte ermitteln, wer das war", antwortete Cyrille und setzte sich neben Carola, wobei sie sich zuerst wieder auf ihre Hüftlangen Haare setzte, was sie wieder an das Gespräch mit Jette erinnerte.

Cyrille fragte sich, ob Brunelines Haare in drei Jahren schon wieder so lang gewachsen waren, dass sie einen Dutt machen konnte, vor allem trotz der Unmenge an Haargel, welches sie sich jeden Tag in die Haare schmierte und bestimmt nicht gesund war.

Carola riss sie aus ihren Gedanken. „Du hast Glück, dass Mama heute länger arbeitet. Sie wäre wahrscheinlich krank vor Sorge gewesen, so wie damals, als sie vergessen hatte, dass du Nachmittagsunterricht hattest und fast die Polizei angerufen hätte."

„Ich hoffe mal, dass sie mir erlaubt, am Samstag zu Jette zu gehen", meinte Cyrille besorgt.

„Ist das die mit den braunen Haaren und den grünen Augen?", fragte Carola. „Nein, das ist Cassandra, Jette ist die mit den grauen Haaren", antwortete Cyrille immer noch in Gedanken darüber, wie sie ihre Mutter überreden konnte, ihr zu erlauben, Jette zu besuchen.

Am Abend als ihre Mutter nach Hause kam, sprach Cyrille sie gleich darauf an.

„Aber -, aber -, Cyrille, gefällt es dir denn hier bei uns nicht?", fragte ihre Mutter ein wenig hysterisch.

„Doch, natürlich gefällt es mir hier, aber ich möchte eben auch mal Freunde besuchen", antwortete Cyrille nicht weniger aufgebracht.

„Aber du kannst sie doch zu uns einladen!"

„Mama, was ist denn so schlimm daran, wenn ich mal zu anderen Leuten gehe?"

„Ja, weißt du, ich, äh, ich möchte dich eben nicht verlieren." „Ich ziehe doch nicht um!", rief Cyrille vollkommen perplex.

Carola kam in den Flur. „Mama, du musst auch verstehen, dass wir etwas mit Freundinnen unternehmen möchten, wir werden eben älter und selbstständiger."

„Aber -, aber -, ..." „Und du solltest auch mal erwachsen werden!", rief Carola und lief hinaus in den Garten zu Tom.

Ihre Mutter stand wie versteinert da und sah ihrer jüngeren Tochter hinterher.

„Bitte, Mama", versuchte Cyrille es noch einmal. Ihre Mutter seufzte, nickte dann aber: „Also gut."

„Danke, Mama", rief Cyrille freudig und rannte dann Carola hinterher.

Zum Abendessen gab es Schnitzel mit Pommes (Carolas Lieblingsessen). Frau Bergschmidt erzählte ihrem Mann natürlich gleich, dass Cyrille bald eine Freundin besuchen wollte, was dieser als `großen Schritt´ betitelte, vor allem, weil seine Frau es erlaubt hatte.

Da Carola bei dieser Pupertäts-Debatte mitdiskutierte, achtete sie nicht auf die Ketchupflasche, welche sie noch umgedreht über ihren Teller hielt.

Es machte *rmpf* und der gesamte Inhalt war auf Carolas Teller verteilt.

Sie brachte nur ein „Ough" hervor, während ihr Vater lachte und ihre Mutter das eigentliche Essen von ihrem Teller nahm, und es auf einen anderen verfrachtete. Den Ketchupteller stellte sie in die Mitte des Tisches, damit alle ihn benutzen konnten.

Nachdem sich die Schwestern noch ein Hörbuch angehört hatten, gingen sie zu Bett.

Cyrille träumte von einem Umzugswagen, der ihre Sachen zu Jette brachte, während ihre Mutter weinte. Doch dann fuhr der Wagen über einen Stein, woraufhin er einen Platten bekam und Cyrilles Mutter den Fahrer die ganze Zeit voll laberte, um ihn daran zu hindern, den Reifen zu wechseln.

Der Fahrer verwandelte sich in Sabrina und bestach ihre Mutter, dass nicht weitergefahren werden würde, wenn diese ihre Friseur-Besuche bezahlen würde.

Frau Bergschmidt willigte sogar ein, doch plötzlich sprang Bruneline vom Beifahrersitz und Herr Tasman brüllte sie so laut an, dass Bruneline ihre Haare verlor.

Cyrille schreckte hoch. Tom saß neben ihrem Bett und winselte. „Hat Caro ihre Tür zugemacht? Na gut, du kannst bei mir bleiben", sagte sie zu dem Hund und streichelte seinen Kopf.

Er schleckte ihr übers Gesicht und legte sich auf den Bettvorleger.

Cyrille wischte ihr Gesicht an der Bettdecke ab und legte sich wieder schlafen.

Als Cyrille am nächsten Morgen mit Carola aus dem Haus ging, hätte sie fast ihre Sporttasche vergessen. Ihre Mutter schob das auf die Nebenwirkungen eines Besuches bei anderen Leuten.

„Mama, erstens war Cyrille noch nicht einmal dort und zweitens gehst du auch oft zu deinem Laberkreis mit sogar fünf anderen!", rief Carola, woraufhin ihre Mutter nur ein „Ich bin ja auch schon erwachsen" erwiderte und Carola ihr schließlich klar machte, wie Cyrille denn erwachsen werden sollte, wenn sie nie die Möglichkeit dazu hätte.

Ihre Mutter machte ein Schmoll-Gesicht und verabschiedete die beiden in die Schule.

Dort zeigte Florian stolz einen Grashüpfer herum, den er im Garten hinter seinem Haus gefangen und in einem Einmachglas mitgebracht hatte.

Jedenfalls bis Bruneline ihn von hinten anfiel und er vor Schreck das Glas fallen lies, wodurch der Deckel absprang und der Grashüpfer davon hüpfte (es ist ja schließlich ein Gras*hüpfer).*

Die beiden stritten sich, bis Frau Magnesium

44

kam und die Turnhalle aufschloss. Sie war eine etwas oder vielleicht auch etwas sehr hyperaktive Frau, die beim Reden ständig auf und ab hüpfte: „Hallo, Kinder, mein Name ist Eva Magnesium und dieses Jahr werden wir den Sportunterricht gemeinsam verbringen. Wir werden dieses Jahr Bodenturnen und Volleyball machen. Im Sommer dann noch Leichtathletik und wenn wir noch Zeit haben, dann machen wir Ausdauer-Training."

Alle stöhnten auf. Auch die Mädchen aus der anderen Klasse, die in ihrer Sportgruppe waren (weil sie ohne die Jungs, die getrennt unterrichtet wurden, zu wenig gewesen wären), waren nicht gerade begeistert. Eigentlich überhaupt nicht.

„Könnten wir auch was machen, was uns gefällt?", fragte Libby. „Natürlich, wir können auch jede Stunde kurz ein Spiel spielen. Aber dazu werde ich die Gruppen einteilen, damit es keinen Gruppenzwang gibt", sagte sie vollkommen überzeugt von sich selbst.

„Ach, aber wenn sie uns in Gruppen einteilen, dann ist das wohl kein Gruppenzwang. Wir sind ja dann von ihnen gezwungen worden in dieser Gruppe zu sein", meinte Branda. „Äh, nun ja, äh, also, wisst ihr, das ist so, äh ... ach, merkt euch einfach, dass ich immer recht habe! Ich habe studiert und ich bin besser in Sport als ihr!"

„Aber die meisten Sportlehrer haben es einfach nicht geschafft Profisportler zu werden und sind deshalb einfach Lehrer geworden." Lola war offensichtlich auch nicht von dieser Lehrerin überzeugt.

„Ich habe trotzdem immer recht! Also, fangen wir endlich mit Sport an. Ihr klettert jetzt der Reihe nach die Seile dort hoch", sagte sie und deutete auf, na ja, die Seile eben.

„Aber ich hab Höhenangst", rief Sri ängstlich.

„Dann ist es besonders wichtig, dass du lernst, die Angst zu vertreiben! Komm schon, du schaffst das!"

„Aber wenn ich doch Angst davor habe..."

„Komm schon, du schaffst das!" „Was, Angst zu haben?"

„Frau Magnesium, Sri hat wirklich Höhenangst. Sie ist deswegen in der fünften Klasse am Wandertag nicht mit in den Klettergarten", rief Lola, fast schon hysterisch.

„Die will uns einfach nur versagen sehen, damit sie sagen kann, dass sie es besser kann!" Das war das erste mal, dass die anderen Bruneline Recht gaben.

„Na komm schon, wir wollen doch danach noch einen Wettkampf machen, welches Team schneller und besser ist.", sagte Frau Magnesium unnachgiebig.

„Frau Magnesium, Ängste zu haben ist doch gut, dass schützt einen vor Gefahren", versuchte es auch Cyrille.

„Aber da sind doch Matten drunter, da ist keine Gefahr."

Nachdem sie Sri noch eine Weile mit denselben Sprüchen zugelabert hatte, ging Sri zum Seil und fing an zu klettern.

„Das wichtigste ist, dass du beim Klettern keinen Krampf bekommst, das tut richtig weh, und dann fühlst du dich richtig schlecht und du kannst nicht weiterklettern, und du musst ..."

Doch weiter kam sie nicht. Ihre Schauergeschichten hatten Sri so sehr geschwächt, dass ihr schlecht wurde. Das Seil glitt durch ihre schwitzigen Hände und sie stürzte in die Tiefe.

Alle schrien. Da Sri erst ein kurzes Stück geklettert war, hatte sie nur ein paar leichte Prellungen. Doch Frau Magnesium hatte alle Grenzen überschritten.

Nachdem sich Lola - wie alle anderen - versichert hatte, dass es Sri einigermaßen gut ging, ging sie auf Frau Magnesium los: „Sind sie verrückt geworden? Wissen sie, was hätte passieren können, wenn Sri schon weiter oben gewesen wäre? Sie scheint das überhaupt nicht zu interessieren! Und außerdem, wenn sie wollen, dass jemand etwas schafft, dann erzählen sie ihm nicht, was alles Schlimmes passieren könnte! Hören sie mir überhaupt zu?"

„Ja, natürlich. Du könntest Siri zum Sanitätszimmer bringen, die wo mit wollen, können auch mit, und die anderen machen hier mit dem Seil weiter."

„Erstens heißt es nicht `die wo´, zweitens heißt sie Sri und nicht Siri, na ja sie weiß trotzdem mehr als sie, und drittens werde ich jetzt zum Direktor gehen, mal sehen, was der dazu sagt!", rief Lola und stürmte aus der Turnhalle. Branda lief ihr hinterher, denn wenn zwei diese Geschichte erzählten, erschien es glaubhafter.

Zehn Minuten später kamen die beiden mit dem Direktor wieder zurück. Sri hatte sich auf einen der Kästen gehievt und trocknete mit einem Taschentuch ihre Tränen.

Frau Magnesium hüpfte vor ihr auf und ab: „Ach, komm, so 'ne leichte Prellung tut doch nicht weh." „Sie spüren es ja nicht!", rief Valentina. Sie und Cyrille hatten jeweils einen Arm um Sri gelegt.

Der Direktor räusperte sich. „Es stimmt also, was die Kinder gesagt haben?" Frau Magnesium drehte sich zu ihm um. „Ach, Herr Direktor, schön, dass sie mal vorbeischauen, wir machen gerade ..." „Etwas Unverantwortliches!", rief der Direktor wütend.

„Wir haben es doch gesagt", meinte Lola. Der Direktor antwortete ihr nicht, sondern ging hinüber zu Sri.

„Hast du große Schmerzen?" „Nein, es geht schon." „Also auch nichts gebrochen?" Sri schüttelte den Kopf.

„Du solltest dich trotzdem untersuchen lassen. Geht ihr beiden mit ihr zu Frau Leid? Sie kennt sich mit so was aus", sagte er zu Cyrille und Valentina.

Die drei schlurften aus der Turnhalle.

„Diese Frau ist doch verrückt! Die will uns allen ihren Willen aufzwingen und merkt gar nicht, wie schlecht es uns dabei geht, und dass sie sich auch mal irrt",sagte Cyrille auf dem Weg zum Schulgebäude.

„Ja, sie ist so von sich selbst überzeugt", meinte auch Valentina. „Sie will einfach in allem besser sein."

Bei Frau Leid angekommen gab diese ihnen nach genauer Untersuchung eine Tube Salbe und eine Packung Pflaster für die Schürfwunden, musste dann aber gleich zu ihrer neunten Klasse gehen.

Als die Drei wieder in die Aula gingen, kam auch der Rest ihrer Sportgruppe. „Der Direktor hat sie vom Dienst suspendiert!", rief Lola ihnen entgegen. „Und wir haben jetzt Freistunde", ergänzte Jette.

Der Direktor hatte beschlossen, den Sportunterricht der Gruppe b/c vorerst ausfallen zu lassen, weil er keine andere Sportlehrerin auftreiben konnte.

„Ihr macht ja ohnehin genug Sport, denke ich, und Volleyball interessiert sowieso keinen von euch", hatte er mit einem Grinsen zu ihnen gesagt.

Natürlich waren die Jungen wütend darüber, dass die Mädchen, auch wenn vielleicht nur vorübergehend, zwei Stunden weniger Unterricht hatten.

In Chemie fingen sie nun mit dem im Lehrplan vorgesehenen Stoff an: Das Admiral-Konsonat und seine Entstehung.

„Nun, wer kann mir erklären, warum es nicht in Australien vorkommt?" „Weil die dort lebenden Wildameisen eine ätzende Säure ausstoßen, die es vernichtet", antwortete Cassandra.

In Physik besprachen sie die Gesetze des Plankon, der ein berühmter Alleskönner war und angeblich auch wichtig.

Viele Schüler mochten ihn jedoch nicht, weil er ihnen mehr Lernstoff eingebrockt hatte.

Nach einer weiteren Stunde bei Herrn Saxofon in Musik war der Schultag schließlich zu Ende.

Cyrille, Jette, Cassandra und Sabrina vereinbarten, dass sie sich am übernächsten Tag um 9:30 Uhr am Eingang des Flughafens treffen würden. Anschließend würde Cyrille gleich zu Jette mit nach Hause fahren.

Vorher wartete jedoch noch ein weiterer Schultag auf sie.

Da Herr Joke sich nach dem Vorfall am Mittwoch anscheinend nicht in die Schule traute, schauten sie kurzerhand ohne Lehrer den Film, den Sri von ihrer Tante als Trost für den Sturz im Sportunterricht bekommen hatte.

In Geschichte und Deutsch machten sie normalen Unterricht, der jedoch durch einen Fehlalarm bei den Sporthallen unterbrochen wurde. Ein Schüler hatte versehentlich einen Ball gegen den Feueralarm geworfen. Sie mussten alle das Gebäude verlassen, konnten es jedoch nach 10 Minuten wieder betreten.

In Mathe besprachen sie nun die Rechengesetze des Antiquasti. „Ist das wieder so was unnützes, dass keiner versteht, so wie b+c=-²?" „Nein, ..." „Oder Pi²?" „Nein, Pi² gibt es nicht. Man kann Pi gar nicht ins Quadrat nehmen, weil man noch nicht alle Nachkommastellen weiß."

„Wer braucht die denn auch? 3,14 reicht doch." „Nein, Sabrina, das reicht nicht. Für den Mathematiker ist Pi von höchster Bedeutung!"

„Aber für uns nicht", rief Sabrina. „Genau, und deswegen lassen wir die Rechengesetze einfach weg und spielen ein Spiel." Frau Leid gab eines ihrer seltenen Lächeln zum Besten.

Die ganze Klasse freute sich, doch sie alle hätten sich noch mehr gefreut, wenn sie danach nicht noch Herrn Tasman gehabt hätten.

Er war nicht gerade gut darin, zu verbergen, wen er mochte und wen nicht. Die einzigen, die er mochte waren: Cassandra, weil sie gut in

Geo war; Libby, weil er ihre Eltern kannte; Jette, weil sie von Bruneline geärgert wurde; und Kurt, weil er ebenfalls eine braune Hose trug.

Er fragte Sabrina über ein Thema ab, das sie gar nicht besprochen hatten. „Du musst doch wenigstens wissen, wer der Gründer von Französisch Bolognese war."

„Arthur, notfalls heißen alle immer Arthur", antwortete Sabrina zuversichtlich. „Nein, in diesem Fall nicht. Setz dich, ich denke du weißt, welche Note du hast."

Niemand hatte den Mut, etwas einwenden, weil alle Angst um ihre Note hatten, doch sie fanden diese Abfrage mehr als ungerecht.

Wie Carola es ihnen angekündigt hatte, lies er sie alle viel zu spät gehen, nachdem er einige Male aus dem Fenster in den Pausenhof geschaut hatte.

Ob es doch etwas mit der seltsamen Frau zu tun hatte?

Nach Russland, zu Jette, wieder zur Schule

Am Samstag kurz vor 9:00 Uhr wartete Cyrille vor dem Badezimmer auf ihre Mutter. Sie hatte schon geahnt, dass diese den Besuch bei Jette irgendwie verhindern wollte, dennoch mussten sie ja trotzdem erst mal zum Flughafen.

„Mama, jetzt komm endlich!", rief Cyrille genervt. „Ich muss mich noch fertig schminken", antwortete ihre Mutter durch die Tür.

„Du schminkst dich nie. Jetzt komm endlich." Cyrille überlegte fieberhaft, wie sie ihre Mutter dazu bewegen konnte, endlich aus dem Bad zu kommen.

„Mama, wenn wir nicht dorthin fahren, dann kannst du sie auch nicht kennenlernen. Wer weiß, vielleicht entsprechen sie ja deinem Standard."

Ihre Mutter schien zu überlegen.

Carola kam den Flur entlang. „Ist sie ernsthaft immer noch da drin?" Cyrille nickte.

Carola überlegte eine Weile, dann sagte sie: „Mama, Tom hat die Vase kaputt gemacht!" Sie grinste, während ihre Mutter die Tür öffnete.

„Wo ist er?", fragte sie wütend. „War nur Spaß, Mama, Tom hat gar nichts kaputt gemacht. Außerdem würde ich ihn auch nie verpetzen. Aber jetzt wo du schon mal da bist, können wir ja zum Flughafen fahren."

Ihre Mutter starrte sie an, dann sagte sie: „Na gut, dann fahr ich euch eben." Sie schien erleichtert, dass ihre Vasensammlung noch komplett war.

Auf jedem Trödelmarkt, auf den sie gingen (und sie gingen auf viele), kaufte Frau Bergschmidt eine Vase, manchmal sogar zwei.

Seitdem Tom bei ihnen war, hatten die Vasen einen extra Raum, was auch Cyrille und Carola gut fanden. Seit Cyrille einmal aus Versehen einen Bauklotz gegen eine der Vasen geworfen hatte, hatten sie fortan nicht mehr im Wohnzimmer spielen dürfen.

„Wo warst du? Ich wäre fast geflogen ohne mich von dir zu verabschieden", sagte Cassandra, als die Schwestern und ihre Mutter endlich am Flughafen ankamen.

„Tut mir leid, meine Mama hat so lange gebraucht. Sagt mal, kennt ihr das auch, dass eure Mütter euch so verhätscheln?"

„Ja, meine Mama sagt immer, ich wäre so wichtig für sie, weil ich ihr angeblich ihre Gesundheit wiedergebracht habe", antwortete Cassandra.

„Wie das?" „Bevor sie mit mir schwanger wurde hatte sie geraucht, musste dann aber eben wegen der Schwangerschaft aufhören. Es war zwar am Anfang schwer für sie, doch nach einiger Zeit ging es, und nach meiner Geburt hat sie keinen Grund mehr gesehen, wieder damit anzufangen."

Es war inzwischen 9:40 Uhr, Cassandra umarmte ihre Freundinnen noch einmal und lief mit
ihrem Rucksack zum Flugzeug.

Als es aus Sichtweite verschwunden war, versuchte Cyrilles Mutter verzweifelt, noch eine
Ausrede zu finden, bis sie bemerkte, dass sie
die ganze Zeit Sabrina für Jette gehalten hatte.
Gegen Jette schien sie nichts zu haben, und so
willigte sie ein und sie und Carola fuhren
schließlich wieder nach Hause.

Cyrille stieg zu Jette ins Auto. Ihre Mutter war
eine freundliche, runde Frau Ende 40, aber
wirkte sehr jugendlich. Sie hatte genau wie Jette graue abstehende Haare, was schon immer
so gewesen zu sein schien.

Hündsliddl war zwar sehr klein, doch dadurch
wirkte es sehr ordentlich. Sie fuhren die einzige
Straße entlang und hielten vor einer Villa.

Cyrille und Jette stiegen aus, und Frau Hof fuhr
das Auto in die Garage.

Jette kramte ihren Schlüssel hervor und sperrte
auf.

Gleich vorne rechts war die offene Küche und
Jette nahm je eine Flasche Saft für sich und
Cyrille.

Sie setzten sich auf das Sofa im Wohnzimmer
und wollten besprechen, was sie jetzt machen
sollten, als jemand die Treppe herunter kam.

„Hi, Ester, das ist Cyrille", rief Jette dem kleinen

Mädchen entgegen.

Das Mädchen lief langsam auf sie zu.

Man merkte, dass sie zu dieser Familie gehörte, da auch *ihre* Haare grau und abstehend waren.

„Hallo", sagte sie schließlich, während sie Cyrille durchdringend anstarrte.

Als sie merkte, dass Cyrille nichts Böses wollte, fing sie an, sie auszufragen: „Wo kommst du her, was machst du hier, hast du Geschwister, leben deine Großeltern noch?"

Cyrille sah ganz verdattert drein, weil Ester gleich nach ihren Großeltern fragte. Doch dann erinnerte sie sich, dass Ester ja nicht die Schwester sondern die Nichte von Jette war, und Jettes Mutter somit ihre Großmutter war.

„Du bist sehr neugierig", meinte Cyrille.

„Ich darf das, ich bin noch im Kindergarten. Das ist ganz praktisch, weil ich dann keine Hausaufgaben so wie Jette machen muss, oder langweilige Vorlesungen ertragen muss, so wie Mama", antwortete Ester.

„Lebt deine Mama auch hier?" „Wenn ich keine Fragen stellen darf, dann darfst du das auch nicht, aber ich mag dich trotzdem", rief sie, kletterte auf das Sofa und setzte sich neben Cyrille.

„Sie lebt mit Papa in Neustadt, weil beide dort studieren", sagte sie stolz.

„Und bist du nicht traurig, dass du nicht bei ihnen leben kannst?", fragte Cyrille. Ester schaute sie mit großen Augen an.

„Nein, hier is es toll, ich hab mein eigenes Spielzimmer und Oma und Opa und Jette sind voll nett und es gibt hier Schafe, die sind sooo flauschig und außerdem kommt Mama jeden Sonntag. Und im Kindergarten hab ich so viele Freunde und Jette hat auch tolle Freunde, zum Beispiel dich", sagte sie wie ein Wasserfall und umarmte Cyrille glücklich.

Nach dem Mittagessen beschlossen die Drei, Ich-packe-meinen-Koffer-wieder-aus zu spielen, was viel lustiger als das Original war.

Ester erwies sich als sehr schlau und kreativ, auch bei den anderen Spielen, mit denen sie sich die Zeit vertrieben.

Schließlich zeigte Jette Cyrille ihr Kinderzimmer im ersten Stock. Es war recht groß und hatte alles, was ein Mädchen in Jettes Alter sich nur wünschen konnte.

„Warum wollte deine Mutter eigentlich nicht, dass du zu mir kommst?", fragte Jette, als sie zum Abendessen wieder hinunter gingen.

„Also, erstens war meine Oma auch schon so seltsam und zweitens geht meine Mutter zu ihren Frauenabenden, wo sie Tee trinken und stricken und über ihre Nachbarn lästern. Ich war einmal dabei und eine von denen hat mich ständig über meine Noten ausgefragt und über meine Beziehungen zu den Jungs in meiner damaligen Klasse, als ob es sie was angeht! Außerdem habe ich die Jungs sowieso gehasst, weil sie sich ständig geprügelt haben. Na ja, jedenfalls ist diese Schreckschraube die Chefin von dieser Gesellschaft und meine Mutter lässt sich von ihr beeinflussen. Ich habe meiner Mutter erzählt, dass Sabrina einen Bruder hat und sie hat dich dann mit Sabrina verwechselt und wollte nicht, dass ich dich besuche wegen Florian."

„Was? Nur wegen Florian? Was soll das, der hat doch sowieso schon eine Freundin. Wir alle mögen Florian. Also diese Runde ist echt komisch."

„Ich weiß", sagte Cyrille traurig.

Jettes Mutter hatte `Gesellschaftsflamme´ gemacht, das Nationalgericht von Nord-Südland.

Es bestand aus einer Ofenkartoffel und wahlweise Rind oder Fisch, dazu Sahnesoße, für Allergiker Sojasoße, die aber für keine von ihnen nötig war.

Der traditionelle Nachtisch war ein Kuchen, in dem ein Rosenblatt versteckt war.

Wer das Rosenblatt in seinem Stück fand, der durfte sich etwas wünschen, das sogar meistens in Erfüllung ging.

Diesmal fand Ester das Blatt, genauso wie das letzte Mal und das vorletzte Mal.

Entweder hatte sie einfach Glück, oder sie

wünschte sich, dass sie es immer finden würde, für den Fall, einmal einen wichtigen Wunsch zu haben.

Ob das so war, wussten die anderen jedoch nicht, denn man durfte den Wunsch nicht laut aussprechen, und erst dann jemandem erzählen, wenn er in Erfüllung gegangen war.

Anders hätte man sonst nie herausgefunden, ob es wirklich funktionierte.

Gerade, als sie mit dem Essen fertig waren, kam Cyrilles Mutter.

Cyrille hatte Familie Hof gebeten, ihrer Mutter nicht zu sagen, dass Jettes Schwester schon so jung ein Kind bekommen hatte. Mit 20 hörte sich zwar für Cyrille ganz in Ordnung an und der Vater von Ester lebte ja schließlich noch mit ihrer Mutter zusammen, doch bei Cyrilles Mutter konnte man nie so ganz sicher sein, was sie in Ordnung fand und was nicht.

Cyrilles Mutter war von den Hofs positiv überrascht und sie schien anzunehmen, dass Ester das Kind von Frau Hof war.

Als sie und Cyrille im Auto saßen erlaubte sie ihr sogar, Jette wieder zu besuchen.

Cyrille war glücklich.

Daheim angekommen machte Cyrille noch schnell ihre Hausaufgaben und ging dann mit Tom und Carola hinaus auf die Wiese.

„Ich wusste, dass Bruneline nur geblufft hat, Ester geht es super dort. Aber ich frage mich, was sie damit meinte, dass Sabrina nicht ganz richtig im Kopf wäre."

„Vielleicht meint sie ihren Haar-Tick. Klar hat ein Friseur eine Ausbildung gemacht und es hält ja auch irgendwie die Wirtschaft am Laufen, aber Sabrina braucht sich nicht beschweren, wenn sie kein Taschengeld hat", meinte Carola.

Cyrille war nachdenklich geworden; irgendetwas stimmte hier nicht, sie wusste jedoch nicht, was.

Viele Dinge konnte sie sich nicht erklären:

Erstens: Woher kannten sich Herr Tasman und Bruneline?

Zweitens: Konnte ein solcher Hass wirklich nur von Haaren kommen oder steckte vielleicht noch etwas dahinter, dass für Sabrina so Tabu war, dass Jette es Cyrille nicht erzählen wollte, weil sie Angst hatte, Sabrina könnte es herausfinden?

Drittens: Was hatte die seltsame Frau im Pausenhof damit zu tun? Herr Tasman schien sie ebenfalls zu kennen, aber Cyrille wusste auch bei ihr nicht, woher. Sie hatte etwas damit zu tun, da war Cyrille sich sicher.

Am Sonntag gingen Cyrille und Carola in die Buchhandlung zu der Lesung eines berühmten

Autors.

Carola kaufte danach auch gleich ein Exemplar des Buches und bekam sogar die Möglichkeit, es signieren zu lassen.

Während Carola in der Schlange stand, schaute Cyrille sich in der Halle um. Es gab Bücher jeder Sorte, von Birnen über Krimis bis hin zu Vulkanismus.

Sie wollte sich gerade ein Buch mit einem Schornstein darauf näher ansehen, als Carola ihr auf die Schulter tippte.

„Du hättest auch mit ihm reden sollen, er ist so nett!", rief Carola. Sie war glücklich.

„Was hat er denn gesagt?", fragte Cyrille, die wusste, dass Carola sich ein bisschen in ihn verguckt hatte (was ihre Mutter niemals erfahren durfte).

„Dass meine Theorie zu dem Spion stimmt und dass ich gut mitgedacht habe, die Theorie ist nämlich nicht sehr berühmt und viele denken, dass es die Mutter war, aber das ist Blödsinn, woher soll sie auch gewusst haben, dass ihr Sohn gar nicht mehr in der WG wohnt?"

Cyrille hatte nichts von dem verstanden, da sie das Buch nicht kannte. Sie hatte nur die Bücher von Carola gelesen, die diese aus Platzgründen in Cyrilles Zimmer aufbewahrte.

Sie beschlossen, wieder nach Hause zu gehen, wo Tom schon ungeduldig wartete.

Während Cyrille ihre Mutter ablenkte, holte Carola die Hundekuchen aus der Speisekammer, die dort versteckt wurden, da die Eltern der Schwestern der Ansicht waren, Tom würde zu viel davon essen.

Damit er die Tricks lernte, brauchte sie diese jedoch, denn er hatte immer noch nicht verstanden, dass Sitz und Platz nicht dasselbe waren.

Ein Schultag ohne Cassandra war ein langweiliger Schultag, weil Cassandra immer die passende Antwort parat hatte und weil sie die Lehrer mit ihrem Wissen häufig so ablenkte, dass Jette im vorigen Schuljahr sogar einmal daneben gesessen und währenddessen gegessen hatte, ohne dass der Lehrer es gemerkt hatte.

Wenigstens war Bruneline an diesem Tag krank.

Da Herr Joke auch noch `krank´ war, hatten sie statt Englisch in der ersten Stunde Chemie.

Keiner blickte durch.

Lola war aufgefordert worden, aus dem Buch vorzulesen: „Die gravierende Gravitation: Wenn man das Reingemisch aus Wasser und Wasserextrakt gelantiert und das Gewicht abschöpft, dann ergibt sich das Globalintervall. Es darf niemals die Zellulose beeinträchtigen. Beispiel: `P´ ist das positive Element des Dreiecks zwischen a und G. Das Axonon ist kleiner als das Hydrid.“

Das Fragezeichen in den Köpfen aller war bei jedem Wort größer geworden.

„Hast du das Verstanden? Das Axonon ... und die Zellulose ... sind ... Wasser?" Jettes Haare schienen sich zu einem großen Fragezeichen zu formen.

„So, dann machen wir gleich mal eine Übung dazu! Im Buch auf Seite 35 Nummer 12."

Da sie nicht wussten, was sie zu tun hatten, spielten sie unauffällig mit Figuren aus Papier-Knäulen. Frau Gas bekam davon nichts mit und gab ihnen, da *seltsamerweise* niemand mit der Aufgabe fertig geworden war, diese als Hausaufgabe auf.

In Deutsch besprachen sie die Umlaute, die Frau Felsenstein jedoch ständig mit Vokaländerungen in anderen Sprachen verglich, wodurch keiner mehr wusste, welche deutsch waren.

Nach Deutsch hatten sie Bio und weil es ihre erste Stunde in diesem Schuljahr war, konnten sie Herrn Vogel überreden, Klassenmemory zu spielen (zwei Schüler gehen vor die Tür, während die anderen Schüler sich Codenamen ausdenken, diese an die Tafel schreiben und sich auf andere Plätze setzen, wobei die Plätze der Schüler, die draußen sind, frei bleiben müssen, und dann müssen die beiden herausfinden, wer wer ist und sie durch tauschen wieder zurück an ihren Platz bringen).

Während Sabrina und Libby draußen waren, überlegten alle fieberhaft, wie sie sich nennen könnten.

Ride nannte sich Tour und Tour nannte sich Ride, ein Paar andere verfolgten dasselbe Schema und setzen sich sogar auf den Platz des jeweils anderen.

Als Sabrina und Libby wieder herein kamen, verdrehte Sabrina erst mal die Augen: „Leute, das ist so unkreativ! Ok, Tour mit Ride, Sören mit Bruno, Ando mit Kurt und Branda mit Valentina."

„Aber wer könnte `der größte Macho´ sein?", fragte Libby irritiert.

„Das ist Sebastian. `Lina´ ist Florian, weil seine Freundin so heißt, also, `der größte Macho´ mit `Lina´." - Und sie hatte recht.

„Jetzt darf Libby auch mal", rief Martha mit Nachdruck.

„`Pommes´ ist Jette und ich glaub, dass Lola `Curly´ ist, weil ihr Hund so heißt. `Pommes´ mit `Curly´." Auch sie hatte Recht, jedoch saßen die beiden noch nicht auf ihrem richtigen Platz.

„Da, im Pausenhof ist wieder die Olle, wegen der wir immer zu spät zum Bus kommen", rief Florian und alle schauten zum Fenster hinaus.

Und wirklich, dort war eine Frau mit kinnlangem Haar, die rauchte und auf etwas zu warten schien.

„Warum kommt ihr wegen ihr zu spät zum

Bus?", fragte Herr Vogel.

„Weil Herr Tasman uns später raus lässt, wenn sie da ist." „Ach ja, davon hat er mir erzählt, die versucht angeblich den Schülern irgendetwas zu verkaufen, aber wir sollen es den Schülern nicht sagen."

„Aber sie haben es uns gerade gesagt", bemerkte Cyrille. „Oh!", rief Herr Vogel und schaute ängstlich umher, als würde er befürchten, Herr Tasman hätte ihn gehört.

„Kinder, hört zu, wenn ihr ihm nicht sagt, dass ich es euch erzählt habe, dann bekommt ihr alle eine mündliche Eins." Alle schrien vor Freude sodass sie den Pausengong fast überhört hätten.

In Kunst bekamen sie das erste große Zeichenprojekt für dieses Jahr, mit dem sie auch gleich anfangen sollten. `Die perfekte Welt für mich´ hieß das Thema.

Cyrille überlegte nicht lange und begann dann Tom und Carola zu malen, auch sie und ihre neuen Freunde sollten Platz auf dem Bild finden.

Neben ihr hatte Sabrina Bruneline gemalt und so heftig durchgestrichen, dass das Papier jetzt große Risse hatte und sie ein neues brauchte.

Es war gut, dass Bruneline heute nicht da war, sonst hätte es womöglich wieder Streit gegeben.

In Geschichte gab es weniger Grund zur Entspannung; sie schrieben eine Ex.

„Ach kommt schon Leute, die Ex ist nun wirklich nicht schwer", sagte Frau Wilhelm-Ludwig, während sie durch die Reihen lief und kontrollierte, dass niemand spickte. „Das sagen alle Lehrer zu ihren eigenen Exen", meinte Lola.

Was aber alle noch mehr nervte, war, dass Frau Wilhelm-Ludwig ständig redete, sodass man sich nicht konzentrieren konnte, und sie hörte erst damit auf, als Cyrille es ihr erklärte und die ganze Klasse zustimmte.

Wenigstens gab sie ihnen deswegen etwas mehr Zeit.

Bei jedem unbeobachteten Moment schielte Sabrina auf Jettes Blatt, was sehr dreist war.

Obwohl fast alle es sahen, sagte niemand etwas, was wieder ein Beweis für den großen Klassenzusammenhalt war.

In Mathe ließen sich dann alle über die Ex aus. Frau Leid saß nur da, hörte ihnen zu und gab ihnen keine Hausaufgaben auf.

Als es klingelte, wollten sie das Klassenzimmer verlassen, doch es war abgeschlossen. „Haben sie zugesperrt?", fragte Sabrina. „Nein, natürlich nicht", erwiderte Frau Leid irritiert.

„Und warum ist dann abgeschlossen?" „Ich weiß es nicht, aber ich kann ja wieder aufsperren", sagte sie und tat es auch.

Als die Tür aufging, sahen sie Herrn Tasman,

der im Flur aus dem Fenster dorthin starrte, wo immer noch die rauchende Frau war.

„Haben sie abgeschlossen?", fragte Frau Leid wütend, während die halbe Klasse zum Bus, oder zum Zug rannte.

„Warum sollte ich ihnen das sagen?", fragte er herausfordernd.

„Weil sie nicht einfach eine ganze Klasse einschließen können! Wir hatten Glück, dass ich nicht wie üblich meinen Schlüssel im Lehrerzimmer vergessen hatte." „Und weil ich weiß, dass sie das oft tun, dachte ich es würde funktionieren", antwortete Herr Tasman.

„Was haben sie gegen mich?" „Ich habe nichts gegen sie persönlich..."

„So eine dreiste Lüge habe ich noch nie erlebt! Sie haben doch während unseres Studiums immer meine Bücher geklaut!"

„Habe ich nicht, ich dachte es wären meine Bücher und das war auch nur einmal und nicht immer."

„Beruhigen sie sich, Frau Leid, es war bestimmt nicht gegen sie", versuchte Cyrille sie zu besänftigen.

„Trotzdem, warum haben sie abgeschlossen?", fragte Frau Leid noch einmal.

Herr Tasman sah nun nacheinander alle Schüler, die noch da waren, an.

„Verschwindet!", knurrte er sie an und sie rannten weg.

„Was glaubst du, warum er abgeschlossen hat?", fragte Jette Cyrille. „Wegen dieser Frau im Pausenhof, schätze ich, sie war ja wieder da, und er hat sie auch gesehen", antwortete Cyrille sofort.

„Vielleicht ist sie auch eine Studienkollegin gewesen", meinte Jette.

„Nein, das kann nicht sein! Dann würde Frau Leid sie auch kennen. Ich glaube, dass sie versucht, den Schülern irgendwas illegales, vielleicht sogar giftiges zu verkaufen, und dass Herr Tasman es irgendwoher weiß und nicht will, dass wir damit in Berührung kommen."

„Aber ihm sind die Schüler doch egal, er hasst uns doch alle." „Ich weiß es auch nicht, vielleicht liegen wir auch beide falsch, ich muss jetzt jedenfalls nach Hause, sonst bekommt meine Mutter wieder Panik.

„Ich müsste auch so langsam zum Kindergarten von Ester. - Da holt meine Mama uns immer ab", fügte sie hinzu, als Cyrille sie fragend ansah.

„Wo warst du?", fragte ihre Mutter besorgt, als Cyrille nach Hause kam.

Cyrille erzählte ihr, was vorgefallen war. „Was ist denn das für ein Lehrer, also das geht gar nicht. Soll ich mal zu ihm in die Sprechstunde?"

„Nein, bloß nicht! Er hasst mich doch sowieso schon, das wäre kontraproduktiv!"

„Was, es gibt jemanden, der meine kleine Cyrille hasst? Das geht gar nicht, ich muss auf jeden Fall in die Sprechstunde!", rief Frau Bergschmidt aufgebracht.

„Mama..."

„Lass es, sie vergisst es sowieso nach einer Stunde mit ihren Vasen", meinte Carola und sollte Recht behalten.

Nach dieser Hektik ging Cyrille erst mal in ihr Zimmer und hörte ihr Lieblingshörbuch `das Erwachen der Kleopatra´, doch sie kam nicht weit, denn schon nach kurzer Zeit kam Carola in ihr Zimmer.

„Wollten wir nicht die Kleider für Samstag kaufen?"

Cyrille sprang auf. Wie hatte sie das nur vergessen können? Immerhin war am Samstag der Nationalfeiertag von Nord-Südland.

Vor lauter Bruneline, Pausenhof-Frau und Herrn Tasman hatte sie das vollkommen vergessen, dabei war gestern noch ein Elternbrief per Email gekommen, wegen der Tanzstunde am Mittwoch, bei der sie noch einmal die traditionellen Tänze einstudieren konnten, die sie dann alle zusammen auf dem Marktplatz tanzen würden.

Es war ein sehr wichtiger Tag in der Geschichte Nord-Südlands, denn an diesem Tag, dem 12. September hatte der chinesische Forscher Heng Hang Yang herausgefunden, dass man Nord-Südland weder zum Norden, noch zum

Süden zählen kann.

Politiker aus anderen Ländern hatten immer wieder versucht Nord-Südland für sich zu gewinnen, da es dort viel Kupfer gab.

Doch nach diesem Tag war es den Politikern der Nachbarländer schwerer gefallen, da sie nun nicht mehr behaupten konnten, dass sie sozusagen zusammengehörten, weil die Länder im selben Territorium lagen.

Cyrille und Carola gingen zuerst zu `die Modefabrikanten´, woher auch ihre Schuluniform war. Als sie in den Laden kamen, sahen sie diese auch gleich in schwarz und grün dort ausgestellt, da es das meistverkaufte Model war, immerhin gingen 457 Schüler auf das Siegesmund-Eberhardt-Gymnasium.

Nachdem sie sich ca. zehn Minuten umgesehen hatten, fiel ihnen ein, dass es ja noch ein Untergeschoss gab, und gleich als sie es betraten fand Cyrille ihr Traumkleid.

Es war knielang mit lila Perlen am weißen Oberteil, ab der Hüfte war es schwarz mit orangen Volants und bauschte sich stilvoll. Es passte wie angegossen und kostete nur 47,50 €.

Carolas Kleid fanden sie erst eine viertel Stunde später; es hatte ein blaues Oberteil und ein rosa Rockteil. Es war ebenfalls knielang, aber ein bisschen teurer, 58,25 €.

Um die Schuhe zu kaufen, gingen sie in einen

anderen Laden, der `der Modetempel´ hieß und auch wirklich wie ein Tempel aussah. Hier trafen sie auf Branda und Valentina, die auch nach passenden Schuhen Ausschau hielten.

„Wir könnten ja als Klassenwitz alle dieselben Schuhe tragen", schlug Valentina vor, „fünf von uns Mädels haben sowieso schon die gleichen!" Nachdem Cyrille die Schuhe gesehen hatte war klar, dass sie diese auch nehmen würde.

Valentina und Branda kauften sich auch jeweils ein Paar, und Carola dasselbe in grün.

Handtaschen durften bei einem solchen Event natürlich nicht fehlen und so gingen sie - inzwischen nun zu viert - zu `die handliche Handelsstätte´.

Carola hatte eine alte Handtasche von sich mitgebracht, die sie bei der Gelegenheit umtauschen wollte.

Sie wollte zwar wieder die gleiche Größe, aber unbedingt eine andere Farbe, da ihr das Tarnfarbenmuster nicht gefiel.

Während die Mitarbeiterin eine ähnliche suchte, riefen die Mädchen ihre Klassenkameradinnen an, um die Idee, dass alle dieselben Schuhe tragen sollten, zu besprechen.

Glücklicherweise wurde der Vorschlag von allen bis auf Bruneline angenommen, doch es war sowieso fraglich, ob diese überhaupt zum Fest kommen würde.

Es war zwar Pflicht, da die Klasse einen Tanz

aufführen sollte, doch kannten sie Bruneline (leider) lange genug, um zu wissen, dass ihr dies egal war.

Die Handtaschensuche gestaltete sich als relativ einfach, da Jettes Vorschlag, als Klasse auch dieselbe Handtasche zu benutzen, ebenso gut ankam.

Carolas Tasche, die lila und blau war, bekamen sie billiger, da die Verkäuferin die Tante der Schwestern war, und somit kostete sie nur noch 23,45 € (die Handtasche, nicht die Tante).

Die traditionell üblichen Geschenke hatten die beiden schon vor drei Wochen besorgt und so trennten sie sich wieder von Valentina und Branda und gingen nach Hause.

Was macht sie hier?

In Nord-Südland gab es zwei Gruppen von Menschen: Zum einen die, die es lustig fanden immer wieder zu sehen, dass andere Länder keine Ahnung hatten, wo Nord-Südland nun überhaupt lag, und andererseits die, deren schlimmster Albtraum es war, falsch zugeordnet und in eine Schublade gesteckt zu werden.
In diesem Fall wären das entweder die nördliche, oder die südliche Schublade, denen sie aber auf keinen Fall zugeordnet werden wollten (wobei es klar war, dass Nord-Südland, wenn man die ganze Welt betrachtet, im Westen lag).
Diese Unstimmigkeit der Lage wurde in der Landesflagge deutlich gemacht; das Rot oben stand für Norden, das Grün unten für Süden, dazwischen war deren Mischfarbe Braun, auf der das Wappentier von Nord-Südland war:
Ein blauer Papagei. Blau, weil es sich gut vom braun abhob, und ein Papagei, der symbolisierte, dass man den anderen Ländern nicht die Zuordnung nachplapperte.
Cyrilles Familie war es ziemlich egal, wo genau sich das Land befand, obwohl Carola deswegen mit fünf Jahren hysterisch wurde, als sie wissen wollte, wo sie war, und niemand es ihr sagen konnte. Diesen Vorfall hatte Carola jedoch längst wieder vergessen.

Die Geschenke packten sie schon vor dem Frühstück aus, obwohl es traditionell üblich war, diese erst am Marktplatz beim Mittagessen zwischen Hauptgang und Nachspeise zu öffnen.

Ihre Eltern hatten nämlich keine Lust, alle Geschenke zum Marktplatz zu tragen, wo sie fast den ganzen Tag verbringen würden.

Nur die Geschenke für ihre Freunde mussten sie noch mitnehmen.

Das Geschenk von Carola für Cyrille war die Blindspace-Trilogie, alle vom Autor signiert und mit einer Replik der Sonnenbrille, die der Held der Geschichte, Arthur Mailsen, immer trug.

Von ihren Eltern bekam sie dazu die DVDs.

Den ersten Teil hatte sie eigentlich schon, da sie und Carola eine Nebenrolle darin spielten und diesen deshalb kostenlos bekommen hatten.

Ihre Mutter hatte damals nur zugestimmt, weil sich das Aussehen der beiden ja noch verändern würde und man sie hoffentlich nicht mehr wiedererkennen würde.

Cyrille hatte Carola die limitierte Ausgabe von `die Schule der Zwillinge´ geschenkt, welche sehr schwierig zu bekommen gewesen war, denn es war fast überall ausverkauft.

Nachdem sie Tom geholfen hatten, sein Geschenk auszupacken (ein Gummiball mit klei-

nen Löchern, durch die er ein Leckerli heraus-
bekommen musste), gingen sie zum Marktplatz

Es war gerammelt voll.
Jeder war pflichtgemäß da, außer Bruneline,
die anscheinend damit durchkam, da sie sowieso niemand hier haben wollte.
Frau Wilhelm-Ludwig gab ihrer Klasse Anweisung, sich für den Auftritt aufzustellen.
Der Tanz, den sie tanzen sollten, hieß `Auflauf´
und wurde in zwei Reihen getanzt.
Ein unwissender hätte diesen Tanz als eine Mischung aus Schuhplattler und Kriegstanz be-
schrieben, aber es war eine viel aufwendigere
Kunst. Es gab sogar Meisterschaften darin.
Cyrilles Tante, die Verkäuferin aus dem Ta-
schenladen, hatte in ihrer Jugend den zweiten
Platz der zehn- bis 16-Jährigen gewonnen.
Cyrilles Mutter war zuerst dagegen gewesen,
dass Cyrille mittanzte, denn der Junge, der ihr
bei diesem Tanz gegenüber stand, würde sie
drei Minuten lang ansehen und da bestand natürlich die Gefahr, dass er sich in sie verliebte,
was nicht passieren durfte.
Doch Johannes hatte im Moment keine Lust auf
eine Beziehung und Cyrille war auch nicht sein
Typ.
Das hieß nicht, dass er sie nicht mochte, es war
sozusagen ein ganz normales Klassenkamera-
den-Verhältnis.

Als die Musik begann, fingen alle mehr oder weniger schnell mit der Choreographie an, was dazu führte, dass sie alle ein wenig asynchron zueinander waren.

Es schien niemandem aufzufallen, dass Sören alleine tanzte, obwohl er am Rand gut zu sehen war. Eigentlich hätte er mit Bruneline tanzen sollen, und obwohl er sie nicht mochte, fühlte er sich doch etwas einsam.

Nach dem Tanz wurde die Nationalhymne gesungen, wobei Sabrina sich beschwerte, dass Frau Felsenstein mitsingen würde, da sie ja gar nicht aus Nord-Südland war.

„Ich doch auch nicht", erwiderte Vladimir, der sie gehört hatte, „lass sie doch, ich glaub sie kann sogar ganz gut singen." Anscheinend wollte Sabrina es sich nicht mit Vladimir verscherzen und zog es vor, zu schweigen.

Jedenfalls bis sie zu singen begannen:

„Auf, auf, Mütter, Väter, Kinder,
auf, auf, Brüder, Schwestern, Freunde,
auf, auf, wir lassen uns nicht zwingen
in diese Zuordnung hinein.

Hört, hört, Mütter, Väter, Kinder,
hört, hört, Brüder, Schwestern, Freunde,
wir lassen uns nicht vorschreiben,
wo wir hingehören.

Laut, laut, wollen wir es rufen,
laut, laut, werden sie uns hören,
wir sind frei und glauben nicht
an eure alten Märchen

Hört, hört, wie wir alle sagen,
hört, hört auf, uns noch zu fragen
wir sind alle genau dort,
wo wir hingehören."

Als jedoch die fünfte Strophe aus Zeitgründen weggelassen wurde, hörte man Sabrina laut mit den Zähnen knirschen, was sich grauenhaft anhörte.

Bei Gesellschaftsflamme saß Cyrille neben Frau Leid, die allen am Tisch ihre Lebensgeschichte erzählte: „... und dann hab ich eine Kuckucksuhr geschenkt bekommen, die haben wir natürlich aufgehängt, aber leider ist mein Mann dann beim Schlafwandeln gegen die Wand gelaufen und die Uhr ist heruntergefallen und kaputt gegangen. Davor ist mir nie aufgefallen das er schlafwandelt, also war es gut, dass das passiert ist, so konnten wir ihn dann behandeln lassen. Heute ist er völlig gesund."
Das Rosenblatt im Kuchen fand Carola und Cyrille vermutete, dass sie sich noch mehr Bücher wünschte, obwohl ihr Zimmer schon überfüllt war.

Nach dem Essen wurde noch einmal die Geschichte von Nord-Südland erzählt, wobei sich Sabrina wieder beschwerte, dass es nur die Kurzform war.

Danach waren die Zehntklässler mit ihrem Tanz dran, der gar nicht aus Nord-Südland war (Was tat Sabrina? - meckern) und den nicht einmal alle beherrschten.

„Und nun, meine Damen und Herren sehen sie eine Aufführung des Kindergartens über das Leben von Heng Hang Yang!"

„Das ist Esters Auftritt", rief Jette glücklich und deutete zu der Gruppe der Kleinkinder hinüber, „und da hinten ist meine Schwester!", fügte sie hinzu.

Cyrille sah hinüber. Dort standen Jettes Eltern und neben ihnen eine junge Frau Arm in Arm mit einem genauso jungen Mann, der Esters Vater sein musste.

Die beiden sahen müde aus, was bei Studenten normal ist. Sie hatte braune Haare, nicht graue wie ihre ganze Familie; er hatte schwarze Haare.

Sie trug eine viel zu große Jacke, die offensichtlich ihm gehörte, im Gegenzug hatte er sich von ihr frisieren lassen.

Die beiden sahen voller Stolz zu Ester hinüber, die die kleine Schwester von Heng Hang spielte.

Ein blonder Junge, der den Erzähler spielte,

fing an: „Vor nicht einmal 50 Jahren, im entfernten China lebte Hing Heng Yang mit seiner Frau Na Dan Dike Yang und seinen drei Kindern Heng Hang, As Hol und Hao. Er war ein sehr reicher Kaufmann und ging oft auf Reisen, auf welche er seine Kinder fast immer mitnahm. Dadurch lernte Heng Hang schon früh die Welt kennen und lieben..."

Während er dies erzählte gingen vier Kinder, darunter Ester, um den Brunnen, schauten auf Landkarten und deuteten in die Ferne.

Sabrina schien unterdessen eingeschlafen zu sein und wachte erst mit dem Geschrei von Heng Hangs Vaters auf, der gerade seinen Sohn As Hol enterbte, da dieser die Forschungsarbeiten seines Vaters verbrannt hatte.

Obwohl sie nicht viel vom Theaterstück gesehen hatte, applaudierte sie am stärksten und lobte Ester, wie sie noch nie jemanden zuvor gelobt hatte.

Cyrille war deswegen so verwirrt, dass sie fast den Flaggen-Umzug vergessen hätte.

Frau Felsenstein verteilte die Flaggen und die Schüler liefen im Kreis um den Marktplatz und anschließend durch die Stadt.

Als sie bei der stillgelegten Whiskeyfabrik die Frau aus dem Pausenhof mit zwei zwielichtigen Männern sah, blieb Cyrille stehen, woraufhin Valentina mit ihr zusammenstieß.

„Was ist denn los?", fragte diese und die beiden

stellten sich neben die Flaggen-Schlange.

Cyrille sah wieder zu der Fabrik, doch die Frau war weg.

„Da treiben sich viele herum, die musst du nicht beachten. Komm, wir müssen weiterlaufen."

Valentina hatte natürlich recht, doch Cyrille war mit ihren Gedanken noch bei der Fabrik und vergaß deshalb im Gleichschritt zu gehen.

Als sie nach dem Rundgang wieder am Markt-platz ankamen, tauschten die Freundinnen noch ihre Geschenke aus, was sie wegen Frau Leids Geschichte vergessen hatten, und gingen dann wieder zurück nach Hause.

Cyrille hatte von Jette einen gemeinsamen Ke-gelabend geschenkt bekommen, der jedoch am darauffolgenden *Vormittag* zelebriert wurde.

Während ihre Mütter noch scheinbar ewig an der Tür des Sport-Centers standen, und sich über die Lehrer unterhielten, war Ester bereits am gewinnen.

Als sie einen Jubeltanz aufführte, nutzte Cyrille die Gelegenheit, Jette von ihrer Beobachtung an der Fabrik zu erzählen.

„Es kann doch gut sein, dass sie dort mal früher gearbeitet hat, aber dann bei der Schließung der Fabrik eben auch entlassen wurde."

„Wann war das?", fragte Cyrille.

„Als ich in die fünfte Klasse gekommen bin. Das war auch zu der Zeit, als Bruneline so gemein geworden ist. Martha und Libby kennen sie aus der Grundschule und sie haben mal erzählt dass sie sich dort noch nicht so benommen hat."

„Bekomme ich jetzt einen Preis?", fragte Ester und riss die beiden aus ihren ausgetauschten Gedanken.

„Äh, ja klar", antwortete Jette und die drei machten sich über das Lunchpaket her, in dem sich auch ein Pokal aus Schokolade befand.

Eigentlich hatte Cyrille vorgehabt, noch einmal zur Fabrik zu gehen, doch sie musste noch Hausaufgaben machen, die bis in den späten Nachmittag dauerten: Herr Tasman hatte ihnen aufgetragen, eine Liste der Herrscher aller Länder der Welt anzufertigen, die bis ins Jahr 0 zurückreichen sollte.

So kam der Montag viel schneller als gedacht. Frau Wilhelm-Ludwig hatte ihren Schlüssel im Lehrerzimmer vergessen und eilte noch einmal hinunter um ihn zu holen, falls sich die Geschichte mit dem abgesperrten Klassenzimmer vom vergangenen Montag wiederholen sollte.

In dieser Zeit gingen die drei Freundinnen zum Wasserspender in der Aula, da ihre Flaschen leer waren.

Doch dort angekommen versperrte ihnen Herr Tasman den Weg.

„Ihr könnt den jetzt nicht benutzen", sagte er und verschränkte die Arme.

„Warum?", fragten die drei gleichzeitig, wenn auch in unterschiedlichen Tonlagen.

„Weil ... er beschmutzt wurde. Ja, genau."

„Von wem?" „Das geht euch gar nichts an."

Er stand noch eine Weile so da, dann fragte er plötzlich: „Hat eine von euch Lidschatten dabei?"

„Was?"

„Lidschatten, dieses Zeug, dass ihr Frauen euch auf die Augenlider schmiert!"

„Ich weiß, was Lidschatten ist", antwortete Cyrille, „aber wofür brauchen sie den?"

„Das seht ihr,wenn ihr mir einen gebt."

„Ich hab einen, aber dafür will ich eine mündliche Eins", erwiderte Sabrina.

Herr Tasman knirschte mit den Zähnen: „Hm, na … gut."

Cyrille zog die Augenbrauen hoch. Jette sah nicht weniger verwundert drein. Wenn Herr Tasman sich auf so etwas einließ, dann musste es schon sehr wichtig sein, er würde niemals einem Schüler eine Eins geben und Bestechungsversuche meldete er normalerweise.

Er nahm den Lidschatten und pinselte etwas davon auf den Knopf für das Sprudelwasser.

Ein paar Linien wurden sichtbar, die er dann mit einem Tesafilm auf ein Blatt Papier klebte.

„So, jetzt könnt ihr ihn wieder benutzen", sagte

er vergnügt (was bei ihm selten war), gab Sabrina ihren Lidschatten wieder zurück und ging davon.

„Ich wette, das war der Fingerabdruck von der Frau im Pausenhof. Die Frage ist nur, was macht sie hier?"

„Frau im Pausenhof? Fängst du schon wieder damit an?", fragte Sabrina genervt.

„Ja, tue ich", erwiderte Cyrille und füllte ihre Flasche auf.

Sabrina war für den Rest des Tages nicht gut auf Cyrille zu sprechen und so beschloss sie nach der Schule mit Carola Eis essen zu gehen (Cyrille, nicht Sabrina).

Es war einer der letzten warmen Tage im Jahr und die Eisdiele war voll mit Leuten, die ihr letztes Eis dieser Saison wollten.

Cyrille musste deshalb sehr leise sprechen, damit niemand etwas mitbekam: „Ich weiß nicht, warum mir Sabrina und die anderen nicht glauben, Caro. Es ist doch seltsam, dass Herr Tasman so viel darin investiert, dass wir von dieser Frau wegbleiben. Es muss irgendetwas gefährliches sein, das sie verkauft."

„Ich weiß es auch nicht", erwiderte Carola, „aber ich glaube, Sabrina will nur nicht zugeben, dass etwas faul ist, weil sie es selbst in den ganzen Jahren nicht bemerkt hat, und du, obwohl du noch neu bist, schon."

„Aber wir sind doch Freunde", meinte Cyrille

überrascht und wurde nachdenklich. Sabrina hatte nie wirklich gesagt, dass sie jetzt Freunde wären, und sie hatte auch `vergessen´ Cyrille ein Geschenk zum Nationalfeiertag zu machen.

Cyrille ließ sich nicht beirren und ging später am Nachmittag noch einmal zur Fabrik, um nachsehen, ob die Frau wieder dort war.
Ihre Mutter hatte ihr immer gesagt, wie gefährlich es dort war, trotzdem wollte Cyrille beweisen, dass sie recht hatte, und da ihr niemand zu glauben schien, musste sie es alleine tun.
Carola wäre gerne mitgekommen, doch sie hatte Ballett-Unterricht.
Als Cyrille zur Fabrik kam, sah sie sich um, ob sie niemand beobachtete, und ging dann auf das Gelände.
Die Gebäude waren heruntergekommen, überall lagen Backsteine herum, doch von anderen Menschen war nichts zu sehen.
Ein Wiesel huschte über den Hof und verschwand im Motorraum eines Geländewagens.
Cyrille ging darauf zu und wollte eine Tür öffnen, doch er war abgeschlossen und es lag auch nichts spannendes auf den Sitzen.
Immerhin wusste Cyrille nun, dass sich jemand dort aufhielt.
Da sie nicht riskieren wollte, entdeckt zu werden – von wem auch immer – beschloss sie, wieder zu gehen.

84

Als sie das Gelände wieder verlassen hatte, sah sie Frau Felsenstein, die gerade vorbei lief. Diese wunderte sich natürlich, was Cyrille dort machte und sprach sie darauf an.

„Ich hab meinen Hund gesucht", erwiderte sie nur und wollte gehen, doch Frau Felsenstein glaubte ihr nicht.

„Ich weiß nicht, was du dort wirklich gemacht hast, und es geht mich eigentlich auch nichts an, aber du solltest dich dort nicht herumtreiben. Selbst, wenn nichts Gefährliches oder Giftiges gelagert wird, besteht die Gefahr, dass Ziegelsteine vom Dach fallen. Bitte halte dich von dort fern."

„Ja", erwiderte Cyrille.

„Es ist ja nichts passiert, aber ich will nicht, dass es soweit kommt, ja? Und wenn du Probleme hast, dann komm zu mir. Ich hatte damals auch nicht so viel Vertrauen in meine Lehrer, aber glaub mir, ich bin auch nur ein Mensch."

Nach diesem Gespräch ging Cyrille nach Hause.

Carola hatte ihr ein perfektes Alibi gegeben: Sie sei am Marktplatz gewesen (was immerhin die richtige Richtung war) und hätte ihr Armband gesucht, welches ihr am Samstag verlorengegangen wäre.

Und schon war es wieder Dienstag, ein Tag, an

dem Bruneline fast die ganze Zeit ungehindert herummeckern konnte: alle Lehrer, die sie an diesem Tag hatten - außer Frau Felsenstein und Frau Gravitation - hatten es aufgegeben, sich über Bruneline zu beschweren.

Als Frau Felsenstein gerade dabei war, ihnen das `scharfe S´ zu erklären, passierte es; Bruneline nahm ihre Trinkflasche, sog ihren Mund voll, aber anstatt zu schlucken spuckte sie es auf die Reihe vor sich.

Es gab ein fürchterliches Geschrei.

„Was soll das, warum tust du das? Haben die vier dir irgendwas getan?"

„Ne, aber Sabrina sitzt zu weit weg, die kann ich leider nich ärgern", erwiderte Bruneline und fing an Kaugummi zu kauen.

„Du kannst doch nicht einfach, nur weil ihr beide Streit habt, aus welchen Gründen auch immer, die ganze Klasse mit hineinziehen. Außerdem hättest du auch Sabrina nicht anspucken dürfen! Hallo, hast du mich verstanden?"

„Ja, ja..." Bruneline schien einzuschlafen.

„Und ich soll dir von Frau Wilhelm-Ludwig ausrichten, dass deine Mutter in ihre Sprechstunde kommen soll."

„Ok", murmelte Bruneline und schlief ein.

Frau Felsenstein stand eine Weile da und überlegte, ob sie Bruneline wieder aufwecken sollte, doch sie war schlafend viel besser zu ertragen und sollte deshalb in diesem Zustand bleiben.

86

Danach war es ruhiger geworden und Bruneline wachte erst mit dem Beginn der Pause wieder auf.

Bei Frau Leid begnügte sie sich damit, auf ihrem Handy zu spielen und dem Hausmeister auf dem Dach des Nebengebäudes Grimassen zu schneiden.

Doch Religion wurde zu einem einzigen Desaster: Da Frau Knoblauch solche Angst vor Vampiren hatte, erzählte Bruneline ihr, sie wäre am Wochenende am Friedhof gewesen und hätte dort auf einmal bemerkt, dass eine der Grabplatten nicht mehr an ihrem Platz gelegen habe und dass ein Vampir erschienen wäre und gesagt hätte, dass Bruneline Glück habe, dass er gerade erst gefrühstückt habe.

Frau Knoblauch sprang entsetzt auf und erklärte der Klasse, sie würde schnell zum Friedhof gehen und ihn zur Strecke bringen. Sie holte ihre Vampir-Notfalltasche und rannte los.

Bruneline lachte dreckig: „Die is so dumm, das glaubt die doch wohl selber nicht!"

Doch Frau Knoblauch kam nicht mehr.

Nach einer Viertelstunde beschlossen die ersten, nach Hause zu gehen, wobei Bruneline schon längst weg war, und auch Cyrille und ihre Freunde wollten nicht länger warten.

„Ich bin gespannt, welche Strafe Bruneline bekommt, wenn Frau Knoblauch bemerkt, dass sie sie angelogen hat."

„Sie wird wahrscheinlich denken, der Vampir wäre einfach schon weg", erwiderte Jette.

Doch dazu kam es nicht.

Am nächsten Tag erfuhren sie, dass Frau Knoblauch in ein offenes Grab gefallen war und nun im Krankenhaus lag.

Bruneline sagte gar nichts dazu, sie saß einfach nur da nach dem Motto `selber Schuld, wenn sie so dumm ist´.

Die Klasse mochte Frau Knoblauch zwar auch nicht, aber dass sie sich verletzt hatte, tat ihnen trotzdem Leid.

Da Ester zu einer Vorsorgeuntersuchung zum Arzt musste, konnte Jette nicht abgeholt werden und ging spontan mit zu Cyrille nach Hause.

Dort erzählten sie deren Mutter, was vorgefallen war.

„Na ja, es gibt immer einen Grund, weshalb jemand böse oder fies ist. Redet doch mal mit Brunelines Mutter", meinte sie.

„Gute Idee", erwiderte Cyrille, „wir haben ja heute keine Hausaufgaben auf. Wir könnten gleich zu ihr nach Hause und mit ihr reden."

Und so gingen Jette und Cyrille zur Höhle des Löwen. Carola musste für einen Test lernen und konnte nicht mit.

Der Heckenweg, wie die Straße eigentlich hieß, war nicht weit entfernt und so standen sie schon zehn Minuten später vor der Tür eines sehr hässlichen Hauses.

Es hatte rechts und links `etwas Wand zu viel´, so als wären dort mehrere Reihenhäuser gestanden, die alle bis auf dieses abgerissen worden wären.

Sie klingelten.

Es dauerte eine ganze Weile, und Cyrille wollte schon das vierte Mal klingeln, als eine Frau endlich die Tür öffnete.

Sie hatte kinnlange, schwarze Haare und sah sehr müde aus.

Cyrille und Jette standen mit offenen Mündern da: Es war die Frau, die ständig im Pausenhof herumlungerte.

Mit ihrer Lunge schien jedoch etwas nicht zu stimmen, denn das erste, was sie `sagte´, war ein röchelndes Husten.

„Ich hab die Rechnungen letzte Woche bezahlt... Oh, ihr seid ja gar keine Beamten", sagte sie mit einer tiefen Raucherstimme.

„Äh, hallo, sind sie Frau Goschn?", fragte Cyrille unsicher.

„Ja", erwiderte diese und musterte die beiden, „ich wusste ja gar nicht, dass die Pakete neuerdings zu mir gebracht werden."

„Was für Pakete? Wir bringen keine Pakete", erwiderte Jette verwundert.

„Na, die Pakete mit Hasch ... äh `hatschi`, dem Hustensaft. Meine Tochter Bruneline ist nämlich erkältet, *müsst ihr wissen*, und normalerweise hole ich das Zeug halt auch von der … Apotheke …", stotterte Frau Goschn und sah sich um, als hätte sie Angst, jemand würde sie belauschen.

„Wir hatten aber nicht den Eindruck, dass Bruneline erkältet wäre, sie ist nämlich in unserer Klasse, *müssen sie wissen*, und sie ist sehr gemein zur ganzen Klasse und auch zu den Lehrern", antwortete Cyrille.

„Was meint ihr damit, sie wäre gemein? Die Trennung von meinem Mann Mario war natürlich schwer für sie. Ach ja, Mario, unsere Namen hätten so gut zu meinem Beruf gepasst."

„Wie heißen sie denn ?", fragte Jette.

„Ana. Wisst ihr, mein Mann war so ein guter Mann..."

Und sie erzählte lang und ausschweifend, wie toll ihr Mann doch war.

„... und er hat auch immer gebügelt. - Oh, das ist mein Wecker, ich muss los!", rief sie, als ein seltsames Piepen ertönte.

Sie trat heraus, die Tür fiel hinter ihr ins Schloss und sie lief, noch immer in Hausschuhen, hinüber zu der Überdachung, wo ihr sehr demoliertes Auto stand.

Sie stieg ein und fuhr erst einmal gegen die Wand vor ihr.

Als sie endlich den Rückwärtsgang fand, fuhr sie die Mülltonnen um, was sie anscheinend schon oft gemacht hatte, denn die Mülltonnen sahen sehr verbeult aus.

Frau Goschn winkte Cyrille und Jette noch zu, wobei sie fast gegen einen Baum fuhr, und verschwand.

„Und? Was hat sie gesagt?", fragte Carola, als die beiden wieder nach Hause kamen.

„Sie hat uns eigentlich nur von ihrem `tollen´ Mann Mario erzählt `Mario und Ana, Mario und Ana, das passt so gut zu meinem Beruf´. Und noch was, es ist die verrückte aus dem Pausenhof."

„Was? … Moment, wartet mal ... Mario und Ana ... Marihuana ist doch eine Droge, und wenn sie sagt, dass es gut zu ihrem Beruf passt..." Carola war entsetzt.

Cyrille begriff: „Jetzt wissen wir, was sie immer im Pausenhof verkauft."

Wir brauchen die Feuerwehr

„Wir müssen jemandem von unserem Verdacht erzählen", meinte Cyrille, als die drei wenig später auf dem Sofa saßen und sich den Kopf darüber zerbrachen, was sie nun tun sollten.

„Das würde ich nicht machen, wir haben doch keinen Beweis, außer ˋMario und Anaˊ, und dass es zu ihrem Beruf passt. Unsere Mutter würde uns entweder auslachen oder uns vor Angst auf eine Schule schicken, die meilenweit von hier entfernt ist", antwortete Carola.

„Ist eure Mutter so extrem?", fragte Jette ungläubig.

„Sie ist eben überängstlich." Carola sah traurig zu Boden.

„Und wem sollen wir es dann sagen? Sabrina jedenfalls nicht, sie ist zu verbissen gegen Bruneline", meinte Jette entschlossen, „und Cassandra ist zu gutherzig. Nicht, dass das schlimm wäre, aber sie würde es Brunelines Mutter entschieden nicht zutrauen."

„Wie wär´s mit dem Teufel?" lachte Carola ironisch.

Die anderen grinsten ebenfalls.

„Da fällt mir ein, dass Herr Tasman und Bruneline sich ja irgendwoher kennen müssen", gab Cyrille zu bedenken.

„Na ja, vom Studium schon mal nicht, wenn ihre

Mutter studiert hätte, dann hätte sie wohl einen legaleren Job", meinte Carola. „Wahrscheinlich hat sie in dieser Fabrik gearbeitet", erwiderte Jette.

„Wenn wir doch nur jemanden kennen würden, der auch dort gearbeitet hat", jammerte Cyrille.

„Zurück zum Thema, was machen wir?" Carola stemmte die Hände in die Hüften.

„Also", begann Cyrille und fuhr sich unsicher durch die Haare, was bei deren Länge auch sehr lange dauerte, „wir könnten es Frau Felsenstein sagen."

„Wie kommst du denn jetzt auf die?" Carola und Jette hatten gleichzeitig gesprochen, doch das war alles, was man heraushören konnte.

Cyrille erzählte ihnen von der Begegnung bei der Fabrik.

„Ich bin mir aber nicht sicher, ob wir ihr vertrauen können, ich meine, was ist, wenn sie da mit drin steckt. Ob die Drogen auch in andere Länder verkauft werden sollen, wissen wir ja nicht. Wir wissen ja gar nicht, wer da alles mitmacht", meinte Carola skeptisch.

„Ich weiß, was du meinst, aber wenn wir so denken, dann können wir niemandem trauen. Ich glaube nicht, dass sie dazugehört, sonst hätte sie mich nicht so einfach gehen lassen. Sie hätte doch vermuten müssen, dass ich etwas herausgefunden habe."

„Das ist ja das, wir wissen noch nicht einmal, ob

sich alles bei dieser Fabrik abspielt, oder nicht. Wir wissen gar nichts, dass ist ja das Schlimme!" Jette lies sich ratlos ins Sofa fallen, nachdem sie sich noch den Keks-Teller vom Tisch genommen hatte.

Wenn sie gestresst war, aß sie besonders viel, wobei sie normalerweise schon viel aß.

Nach zwei Minuten war der Teller leer, obwohl Cyrille ihn erst nach ihrer Ankunft aufgefüllt hatte.

Als sie vom erneuten Tun dessen wieder aus der Küche kam, diskutierten Jette und Carola über Sabrina.

„Ich weiß nicht, was das Problem sein soll, Sabrina hat doch nur eine normale Abneigung gegenüber Bruneline, aber das haben alle, ich denke nicht, dass sie überreagieren würde", sagte Jette gerade.

„Dann müsstest *du* es ihr erklären, sie hört ja nicht auf mich. Ich weiß nicht warum, aber es ist so." Cyrille gab Jette den Teller, der sich daraufhin nicht gerade langsam leerte.

„Vielleicht sollten wir auch erst mehr Beweise sammeln, bevor wir es herumposaunen", gab Carola zu bedenken.

„Ich bin immer noch dafür, dass wir es Frau Felsenstein sagen", wiederholte Cyrille.

„Und wenn sie uns für dumm erklärt?" Carola machte sich Sorgen.

„Dann sagen wir, dass wir etwas anderes sagen

wollten und sie uns einfach falsch verstanden hat. Ihr wisst schon, Sprachbarriere und so."

„Wenn ihr meint. Dann macht ihr das einfach morgen, ich bin ja nicht in eurer Klasse."

Der nächste Schultag fing erst einmal mit der Herausgabe und Korrektur der Ex in Geschichte an, was sehr lange dauerte.

„Das hatten wir gar nicht besprochen!", beschwerte sich Lola. „Doch hatten wir, ich hatte euch gesagt, dass Karl-Heinz Augusts Sohn Friedrich der Fünfte hieß."

„Aber sie haben gesagt, dass wir das für den Test nicht wissen müssen", rief Libby.

„Ja, für den *Test*, den wir *nächste* Woche schreiben."

Es kam ein lautes „Ooorrch!" von der Klasse, woraufhin Frau Wilhelm-Ludwig nur mit den Schultern zuckte.

„Und sein Vater hieß auch nicht Arthur, so heißen nämlich alle Engländer, und Ludwig heißen alle Franzosen! Er hieß Gunter. *Sein* Vater, *der* war Franzose und hieß Trampœus. Apropos Franzose, heute kommt ja einer hierher und kocht mit euch."

„Wann?" „In der fünften und sechsten Stunde." Die Klasse brach in Jubelrufe aus.

Auch wenn es besser gewesen wäre, er wäre eine Stunde früher gekommen (dann hätten sie kein Geo gehabt), waren sie doch froh, sich in

Kunst nicht tausend Interpretationen von `der Schrei´ anhören zu müssen.

Vor lauter Vorfreude auf das Kochen und wegen des verwirrenden Chemieunterrichts hatte Cyrille vor der Deutschstunde vergessen, mit Frau Felsenstein zu sprechen. So musste sie wohl bis nach dem Tagebucheintrag von Nancy aus ihrem Deutschbuch warten:

19.8.

„Liebes Tagebuck,

hoite habe ick mit meiner Austauschpartnerin Hannah einen Stadtrundgang gemackt. Eigentlick wollten wir die Enten im Park fůttern, dock es war verboten. Danack hat uns eine alte Frau von ihrer Tockter in der Hippie-Zeit erzåhlt. Ick denke, es wåre interesting gewesen, dock leider habe ick nickt alles verstanden. Wir haben ein Paar von Hannah's Freunden getroffen, und ick dackte zuerst, sie reden ůber einen Iren, dock es ging um einen Irren, der die Nackbarstadt unsicker mackt. Ick hoffe, er kommt nickt zu uns.

20.8.

„Liebes Tagebuck,

hoite habe ick erfahren, dass der Irre in einer anderen Stadt gesehen wurde, die weiter weg von uns ist. Ick bin erleicktert, dock auck aufgeregt, weil ick morgen ein Referat auf doitsch halten muss.

„Also, welche Fehler hat Nancy gemacht?", war eine Frage, deren Beantwortung viel mehr Zeit in Anspruch nahm als Frau Felsenstein erwartet hatte.

Die Verwechslung von Iren mit Irren schien ein paar Schüler aufzuregen, woraufhin eine Länderdebatte begann.

„Leute, wir müssen heute auch noch die Bildbeschreibung durchnehmen. Wartet mal, lasst mich mal sehen", Frau Felsenstein schlug das Deutschbuch auf einer Seite mit einem überwiegend roten Bild auf.

„Aber das ist doch hässlich", meinte sie, woraufhin sie ein anderes Bild suchte.

Doch nach der Stunde konnte Cyrille auch nicht mit Frau Felsenstein reden, da Herr Tasman zu früh kam.

Heute war Martha das Abfrageopfer und schon bei der zweiten Frage fing er wieder an zu meckern: „Leute, der Außenminister von Französisch Bolognese, das haben wir besprochen! Das kann doch nicht sein, dass es keiner weiß!"

„Cassandra wüsste es", meinte Sabrina.

„Ja, dann ruft sie doch an!", rief Herr Tasman genervt.

„Jetzt, hier, im Unterricht?"

„Ja-ha!" „Ok", meinte Sabrina verwirrt und holte ihr Handy heraus.

Keine zwei Minuten später erschien Cassandra auf dem Bildschirm: „Hey, Brina, wie geht's, habt ihr nicht gerade Geo?"

„Hey Cassi, mir geht's gut, ja wir haben grade Geo und Herr Tasman will wissen, wer der Außenminister von Französisch Bolognese ist."

„François Cigogne."

„Seht ihr, sie weiß das, obwohl sie letzte Stunde nicht einmal da war!", rief Herr Tasman und beschloss gar keine Zeit mehr an Martha zu verschwenden, sondern nahm Sabrina ihr Handy aus der Hand und begann eine sachliche Konversation mit Cassandra.

Niemand sagte ein Wort, denn wenn er sie einmal in Ruhe ließ, sollten sie das genießen.

Es dauerte sehr lange. Ein paar begannen Seiten im Buch zu lesen, weil sie wussten, dass er sie nächste Stunde trotzdem abfragen würde. Die meisten jedoch legten einfach den Kopf auf den Tisch und dösten.

Erst als Dimitri ihr zurief, dass ihr Bus kam, musste sie auflegen.

Als es endlich zur Pause läutete, stellten sie fest, dass sie keine Ahnung hatten, wo die Kochstunde war.

Kochen wurde an ihrer Schule gar nicht unterrichtet, und sie wussten auch nicht, wo man überhaupt kochen durfte, da sonst die Rauchmelder Alarm schlagen würden.

Lola und Sri beschlossen zum Lehrerzimmer zu gehen und kamen kurz darauf mit Frau Felsenstein wieder zurück.

„Wir sind im Bio-Saal 2, Agathe und ich sind auch dabei", erklärte sie ihnen und sie alle folgten ihr zum Bio-Saal.

„Wer ist Agathe?", fragte Sabrina. „Frau Wilhelm-Ludwig."

„Sind noch mehr Lehrer dabei?" „Werden wir gleich sehen."

Sie kamen am Bio-Saal an.

Herr Vogel erklärte ihnen, sie sollten sich in fünf Gruppen auf die Campingkocher aufteilen.

Bevor Cyrille überhaupt etwas sagen konnte, war schon beschlossen, dass Sebastian und Florian mit ihnen drei kochen würden.

Es war natürlich klar gewesen, weil Florian schließlich Sabrinas Bruder war, doch Cyrille hätte auch mitentscheiden wollen.

Sie wurde aus ihren Gedanken gerissen, als ein Mann, der nicht offensichtlicher ein Franzose sein konnte, hereinkam und sich vorstellte.

„'Allo, mein Name isd Jean-Jacques Jardin-Jouer und wir werden 'eute ein typisch françösisches Gerischt goschen, es 'eißt `poubelle de la cuisine´ und schmeckt nur Gennern der françösischen Güsche. Alors, fangen wir an."

Er begann die Rezepte zu verteilen und auch die Lehrer verteilten sich auf die Gruppen.

Herr Vogel beschloss, ihnen etwas über den

Reifungsprozess von Birnen zu erzählen, anstatt ihnen zu helfen.

Cyrille kam auch gar nicht erst dazu, ihn um Hilfe zu bitten, da sie Jette verteidigen musste, die sich mit den Jungs darüber stritt, wer es später essen sollte (was auch immer es eigentlich war).

Kurz darauf fing Bruneline an, Jette zu beleidigen, was dazu führte, dass Sabrina sie mit den Birnen bewarf.

Sie bekam Ärger von Frau Wilhelm-Ludwig, die Brunelines Gruppe half.

Sabrina begann Bruneline anzuschwärzen. Frau Wilhelm-Ludwig verstand sie zwar, war aber trotzdem sauer.

Libby wurde gerade von Martha verarztet, da sie eine Birne an den Kopf bekommen hatte.

Auch deswegen wurde Sabrina gerügt. Sie schien aber nicht so viel Mitleid zu haben, als sie bemerkte, dass Bruneline dies bereits zu empfinden schien.

Sabrina war so wütend, dass sie die Eier zu hart an der Kante der Schüssel aufschlug und alles durch den Raum spritzte.

Florian bekam einen Großteil in die Haare.

„Wenn du immer die gleiche Frisur wie er haben willst, dann musst du dir jetzt auch was in die Haare schmieren!", rief Bruneline und erwartete, dass gelacht wurde, was jedoch nicht passierte.

Es war zwar irgendwie lustig, doch Cyrille hatte den Eindruck, dass niemand es sich mit Sabrina verscherzen wollte.

Sie wurde aus ihren Gedanken gerissen, als Herr Jardin-Jouer rief, sie hätten noch drei Minuten.

Es war offensichtlich, dass bei ihnen nichts Vernünftiges herausgekommen war.

Der Franzose ging durch die Reihen und hatte vor Aufregung anscheinend vergessen, dass fast keiner von ihnen französisch verstand: „Ah, les frites, ici, voilà! Tu as une grande passion, ouais? Oui!" Martha strahlte ihn glücklich an, sie hatte es geschafft trotz der Essensschlacht noch etwas Vernünftiges zu kreieren.

„Ah, très jolie, est d'une jolie fille!" Sri fing an zu kichern, ja sie war tatsächlich sehr hübsch.

Er lief weiter durch die Reihen und bewertete die Kochkünste der Klasse.

Bei Cyrilles Gruppe angekommen verdüsterte sich jedoch sein Blick. „Oh, là, là, qu'est-ce que c'est? Je déteste ça. Et: ton Coiffeur, il est nul!" Cyrille starrte ihn geschockt an.

Es war gut, dass Sabrina kein Französisch verstand, denn er hatte gerade ihren Friseur beleidigt, obwohl dieser für die Entscheidung von Sabrina nichts konnte.

Es schien niemand aus ihrer Gruppe verstanden zu haben und Cyrille hatte auch nicht vor, es zu übersetzen. Außerdem wunderte sie sich, dass Sri seine Bewertung verstanden hatte.

„Ich habe Verwandte, die nach Frankreich gezogen sind, daher kann ich ein bisschen französisch", erklärte sie ihr nach der Schule.
Carola war noch nicht aufgetaucht, sie hatte Geo.
„Und du, kommst du aus Frankreich? `Cyrille´ hört sich so französisch an." „Nein, in unserer Familie ist es eben üblich, dass alle Frauennamen mit `C´ anfangen, meine Mutter heißt Christina, meine Tante Carina und meine Oma heißt Cordula."
Sri hatte interessiert zugehört, doch nun kam Carola und unterbrach das Gespräch.
Sri schien traurig deswegen, doch Cyrille musste nach Hause, um ihre Mutter nicht in Angst und Schrecken zu versetzen.
„Wir hatten heute gar keine Möglichkeit, mit Frau Felsenstein zu reden, nicht mal beim Kochen." „Dann macht das doch morgen, ihr habt ja keinen Sport", meinte Carola.
„Glaubst du, sie ist zu dieser Zeit noch bei sich zu Hause?" „Werdet ihr ja sehen, ich habe Mathe zu der Zeit." „Du Arme."

„Ich glaube hier wohnt sie." „Bist du dir sicher? Ihr Name steht gar nicht auf dem Klingelschild."
Cyrille und Jette standen am nächsten Morgen vor der Haustür des vermeintlichen Hauses von

Frau Felsenstein.

„Und selbst, wenn wir falsch liegen, dann können wir immerhin fragen, ob die Leute hier wissen, wo sie wohnt."

„Hast ja recht, ich glaube ich hätte aber mehr frühstücken sollen." „Dein Ernst, Jette? Du hattest gestern um neun Uhr, als ich dich angerufen hab gegessen, du bist heute zu spät gekommen, weil du noch deinen fünften Teller Rührei essen musstest. Und du hast immer noch Hunger?" Cyrille konnte nicht glauben, dass jemand so viel essen konnte.

„Hey, der Anruf war gestern, außerdem habe ich in den letzten Tagen immer einen Teller weniger gegessen."

„Ist ja schon gut, wir sollten langsam mal irgendetwas machen, wir stehen hier schon zwei Minuten einfach so vor der Haustür eines Hauses, in dem wir noch nie waren."

Und bevor Jette noch etwas sagen konnte, klingelte Cyrille. Die Tür öffnete sich und es stand zum Glück Frau Felsenstein auf der Matte.

„Was macht ihr denn hier, braucht ihr Nachhilfe?" „Nein, wir sind wegen Bruneline hier, also eigentlich wegen ihrer Mutter", antwortete Cyrille.

„Na, dann kommt mal rein", sagte Frau Felsenstein und sie folgten ihr ins Wohnzimmer, wo eine schwarze Katze auf dem Sofa lag.

„Ich kenne ihre Mutter nicht einmal, wir schicken ihr ständig Emails, sie solle doch in die Sprechstunde kommen, aber sie kommt nie", begann Frau Felsenstein, als sie den Fernseher ausgemacht hatte und sie nun alle auf dem Sofa saßen.

„Ich glaube, sie können einfacher an sie herankommen, als sie denken, sie ist nämlich die, die sich ständig im Pausenhof herumtreibt."

Frau Felsenstein riss erstaunt die Augen auf. „Was? Seid ihr euch sicher?"

„Ja, sie ist aber auch vor uns abgehauen, und darum sind wir hier, wir vermuten, dass sie mit Drogen handelt."

Frau Felsenstein machte noch größere Augen, wenn das überhaupt möglich war. „Wie kommt ihr denn darauf? Habt ihr sie dabei beobachtet?"

Cyrille erzählte ihr die ganze Geschichte, von ihren Vermutungen über Herrn Tasman, über die Whiskeyfabrik bis hin zu `Mario und Ana´.

Frau Felsenstein schien alles neu zu sein, sie konnte entweder sehr gut schauspielern, oder hatte wirklich nichts damit zu tun. Sie saß noch eine Weile mit offenem Mund da, obwohl Cyrille schon geendet hatte.

„Ich glaube euch, aber zur Polizei können wir mit so wenig Beweisen nicht." „Sie dürfen aber niemandem von unseren Vermutungen erzählen", bat Cyrille.

„Ja, schon klar, es ist gut, dass ihr mir das erzählt habt. Jetzt weiß ich auch, was du bei der Fabrik gemacht hast. Ihr habt vermutlich recht, es scheint wirklich ein Drogenring zu sein."

„Ja, eine Frage hätte ich dann aber noch, warum steht ihr Name nicht auf dem Klingelschild?"
„Weil das nicht mein Haus ist, es gehört Jennifer. Sie ist meine Austauschpartnerin, ihr wisst schon, Lehreraustausch, sie wohnt jetzt für ein halbes Jahr bei mir zuhause, ich hoffe Frau Sommerhauser-Leutenberg behandelt sie anständig. Das ist meine Vermieterin", fügte sie hinzu, als Cyrille und Jette sie nur verständnislos ansahen, da sie mit diesem langen Namen nichts anfangen konnten.

Frau Felsenstein verabschiedete die beiden und sie gingen wieder hinaus.

„Es ist gut, dass sie uns geglaubt hat, aber ich habe den Eindruck, dass sie uns zu schnell geglaubt hat, vielleicht hatte Carola recht und sie hat doch etwas damit zu tun."

„Cyrille, jetzt mach dir mal keine Sorgen, vorhin warst du noch so voller Zuversicht, du lässt dich viel zu schnell entmutigen", meinte Jette, woraufhin ihr Magen knurrte.

Sie gingen wieder zu Cyrille nach Hause, nachdem sie bemerkt hatten, dass Jette gar nicht ihre Schuluniform trug. Sie zog einfach spontan etwas von Cyrille an, was ihr zum Glück auch passte.

Nun war Cyrille doch froh, dass ihre Mutter darauf bestanden hatte, auch schwarze Hosen zu kaufen, da Jette wahrscheinlich kein lila angezogen hätte.

Frau Gas war mal wieder zu motiviert und wirkte wie eine verrückte Wissenschaftlerin, mit ihrem Kittel und einem schiefen Grinsen. „Was ihr hier seht, ist Koralium, völlig ungefährlich, wenn es trocken bleibt, wenn man es jedoch mit der richtigen Menge Wasser anmischt, ist es hoch explosiv. Übrigens habe ich heute erfahren, wo wir am Wandertag hinfahren, nämlich in das HLLNZ-Museum.“
„Müssen wir wirklich in ein Museum?“ „Wann ist der Wandertag?“ „Für was steht HLLNZ?“ Alle riefen durcheinander.
„Ja, wir müssen da hin, am Montag, und HLLNZ steht für Homeside local laboratory of North-Southland.“
„Warum schreibt man es dann mit `Z´?", fragte Sabrina. „Keine Ahnung. Fragt Frau Wilhelm-Ludwig, sie hat es angeordnet. So, zurück zum Koralium“, mit diesen Worten setzte sie sich eine Schutzbrille auf und schüttete eine ganze Flasche Wasser in ein Reagenzglas mit einem weißen Pulver.
Sie hatte gerade noch genug Zeit, um zurückzugehen, als es auch schon explodierte.
Vielleicht hätte sie vorher ihr Pult räumen sollen, denn nun hatten ihr Block und ihr Feder-

106

mäppchen Feuer gefangen.

Branda und Sri aus der ersten Reihe schreckten auf und rannten zum hinteren Teil des Klassenzimmers. Valentina und Lola folgten ihnen auf dem Fuß. Martha und Libby, die hinter ihnen saßen, hatten sich eng aneinander geklammert. Ride und Tour freuten sich, während alle anderen, die auf der Zimmerseite der Tür saßen, aus dem Klassenzimmer rannten. Frau Gas stand einige Zeit wie angewurzelt da und winkte schließlich alle hinaus.

Die Feuermelder hatte inzwischen angefangen zu piepsen und nun stürmten auch die anderen Klassen auf die Gänge.

Man hätte meinen sollen, dass so kurz nach einem Fehlalarm die Schüler nun wüssten, wie man sich verhält, doch dem war nicht so.

Sie rannten alle wild durcheinander, Cyrille hatte schon längst den Anschluss zu den anderen verloren, fand Johannes und Kurt aber kurze Zeit später, in einem völlig anderen Gang.

Als endlich alle draußen waren, traf die Feuerwehr ein.

Während das Feuer gelöscht wurde, traf auch die Polizei ein, die Cyrilles Klasse sogleich befragte.

„Und es ist ihnen nichts aufgefallen? Spuren anderer Chemikalien am Kolben oder ähnliches?" „Nein, nichts, Frau Gas hat, soweit ich das beurteilen kann, nichts falsch gemacht", antwortete Ando, der nach Cassandra der beste in Chemie war und von der zweiten Reihe aus alles gut sehen konnte.

„Aha, und Frau Gas ist eure Deutschlehrerin?"

„Nein, unsere Chemielehrerin, wir waren ja auch im Chemiesaal, weil wir eben Chemie hatten", erklärte Sören.

„Sag mal, Jette, wo ist Frau Felsenstein eigentlich? Ich habe sie noch gar nicht gesehen, aber laut Lehrerplan müsste sie zur dritten Stunde da sein." Cyrille hatte schreckliche Angst, dass sie einen Fehler gemacht hatten und Frau Felsenstein doch zu der Bande gehörte und nun alle warnte.

Die Polizei konnte nicht herausfinden, was schiefgegangen war, außerdem war der vordere Teil des Chemiesaals nur noch Asche.

Passiert war niemandem etwas, nur die Panik musste noch gelöscht werden, was dadurch geschah, dass Ride und Tour den Feuerwehrschlauch schräg nach oben richteten und die Fünftklässler immer wieder lachend zur Seite sprangen.

Es wurde beschlossen, alle Schüler nach Hause zu schicken, es wurden Busse angefordert, auch für die Zugkinder.

Bis diese ankämen, sollte jede Klasse einzeln ihre Büchertaschen herausholen. Nur für Cyrilles Klasse wurde dies von den Feuerwehrleuten getan.

Als die Busse vorgefahren waren, stellten sie fest, dass offensichtlich vergessen worden war, dass es Hündsliddl gab, denn für Jette war kein Bus da.

„Ich glaube ich laufe zu Esters Kindergarten, sie freut sich bestimmt", meinte sie und zog ihre Jacke an.

„Komm doch mit zu uns", erwiderte Cyrille, „meine Mama hat bestimmt nichts dagegen."

„Aber ich war doch schon das letzte Mal bei euch, ich will euch nicht auf den Geist gehen, und ich will euch auch nicht alle Vorräte wegessen."

Darauf konnte Cyrille nur lachen und überredete Jette schließlich doch.

Sie hatten immer genug Vorräte, da ihre Mutter vor einer Invasion - von wem auch immer - Angst zu haben schien. Sie kaufte oft für 20 Leute ein.

Dies war nun Jettes Glück, denn sie hatte ihre vier Brotdosen schon geleert.

Bei Cyrille angekommen rief Jette gleich ihre Mutter an, die sich schon Sorgen gemacht hatte.

Es stellte sich heraus, dass sie Jette gar nicht vom Kindergarten hätte abholen können, da es Probleme mit den neuen Hähnen für Hündsliddl gab.

Hündsliddl war nämlich eine Art Auffangstation für Hähne, die sonst getötet worden wären, da sie in einer Lege-Halle nicht von Nutzen gewesen wären.

In Nord-Südland gab es keine Massentierhaltung, doch wurden immer wieder Hähne aus anderen Ländern aufgenommen. Eines der Transportschiffe war nun seltsamerweise an der falschen Flussmündung abgebogen und befand sich nun in Westmühlhausen.

Da der Kapitän gerade in seiner Mittagspause war und sich nicht stören lassen wollte, konnte man ihn nicht erreichen. Nur er konnte auf dem Schiff die Befehle erteilen.

Jettes Mutter hing also weiter an der Strippe und konnte Ester somit auch nicht abholen, weswegen diese mit Marlies, Sris kleiner Schwester, zu eben dieser nach Hause fuhr.

Als nächstes versuchten Cyrille, Carola und Jette eine Art Schlachtplan zu zeichnen, um Brunelines Mutter zu überführen.

Dies gestaltete sich jedoch als nicht so einfach, da die drei im Malen nicht sonderlich gut waren. Der Blickwinkel von schräg oben bereitete ihnen Schwierigkeiten, denn 3D-Zeichnen konnte keine von ihnen, weswegen Jette den Schornstein kurzerhand einfach so aufmalte, wie wenn er waagerecht auf dem Gebäude liegen würde.

Daraufhin mussten sie die Zeichnung wegwerfen, weil der Schornstein auf die Straße hinausgeragt hatte, was die Zufahrt erschwert hätte.

Cyrille fühlte sich die ganze Zeit etwas beobachtet, immer wieder sah sie einen Schatten am Fenster vorbeilaufen.

„Habt ihr das gesehen?" „Nein, was denn?" „Da ist jemand vorbeigelaufen!" „Ist das verboten?" „Nein, aber was ist, wenn es jemand vom Drogenring ist?"

„Ich guck mal nach, keine Angst, ich nehme Tom mit", meinte Carola und ging hinaus.

Sie blieb etwas länger draußen, da Tom nun der Katze hinterherjagte, die Cyrille für einen Dealer gehalten hatte.

„Aber Frau Felsenstein hat so eine Katze, vielleicht hört sie uns damit ab!" „Yri, jetzt mach dir mal keine Sorgen, es wird schon alles gut werden, das hast du zu mir auch immer gesagt.'

„Ja, aber du hast mir auch nie geglaubt."

„Tom hatte sich damals verletzt. Er gehört eben mir und ich hab ihn lieb, natürlich hab ich da Angst!", verteidigte sich Carola und umarmte Tom, welcher ihr durchs Gesicht schleckte.

Inzwischen war ihre Mutter nach Hause gekommen und sie schoben den Schlachtplan unters Sofa. Frau Bergschmidt achtete jedoch gar nicht darauf, sondern umarmte ihre beiden Mädchen.

„Ich habe das von dem Feuer mitbekommen, ich bin so froh, dass euch nichts passiert ist, ist das wirklich in deiner Klasse passiert, mein Schatz?" „Ja, Mama, aber du erdrückst mich fast", keuchte Cyrille, woraufhin ihre Mutter sie beide los lies. „Oh, das tut mir leid, Süße, ich habe mir eben Sorgen gemacht. Ach, hallo, Jette, schön, dich wieder zu sehen, geht's dir auch gut?" Jette nickte. „Das ist ja schön, dann mach ich euch mal was zu essen."

Und mit diesen Worten lief sie in die Küche. Eigentlich hatten sie schon gegessen, doch Jette konnte immer einen Happen vertragen, was Frau Bergschmidt äußerst schön fand.

„Weißt du, ich sage meinen beiden immer, sie sollten doch mehr essen, ich mache mir immer Sorgen um die beiden, vor allem Cyrille sollte etwas für ihre Haare tun, wie sollen die denn sonst wachsen!"

Jette nickte und kaute, nickte und kaute, und schien sogar mitgekommen zu sein und erwiderte: „Natürlich stimmt das, aber es hängt auch viel von der Genetik ab, außer meiner Schwester haben alle verwandten mütterlicherseits solche Haare wie ich."

Man konnte der Älteren das Erstaunen deutlich ansehen. Noch nie hatte jemand außerhalb ihres Frauenkreises ihr das Gefühl gegeben, sich für ihre Geschichten zu interessieren.

Sogar die Tatsache, dass die Haare der Schwester anders wären, hatte sie deswegen übersehen, dachte sie doch immer noch, dass Ester Jettes Schwester wäre und nicht ihre Nichte.

112

„Äh, ja, ja, natürlich, äh, du hast natürlich recht. Ich lass dich mal alleine essen, ja?", meinte Frau Bergschmidt und ging völlig überfordert aus der Küche.

Sie begann das Bad zu putzen, während Cyrille und Carola sich zu Jette gesellten und zusammen nun endlich weiter an ihrem Schlachtplan arbeiten konnten.

„Am Montag sind wir den ganzen Tag im Museum und am Dienstag ist der Geschichtstest, da müssen wir am Wochenende noch lernen."

„Oh, nein, du hast doch gesagt, dass du am Samstag mit mir zum Hundeturnier gehst!" Carola hatte mit Tom monatelang dafür trainiert und freute sich schon sehr darauf.

„Du hast doch morgen Zeit zum lernen, wenn wir keine Schule haben. Ja, Jette, der Unterricht fällt morgen aus, Frau Wilhelm-Ludwig hat gerade angerufen während du hier so schön mit unserer Mutter geplaudert hast. Ich glaube Mama hat so was vermisst, ich hoffe nur, sie nervt dich nicht mit ihren Ansichten über Beziehungen."

Cyrille brauchte gar nichts mehr dazu zu sagen, da es in diesem Moment klingelte. Frau Bergschmidt kam aus dem Bad und öffnete die Tür.

„Deine Mutter, Bette", rief sie den Gang entlang, woraufhin die drei Mädchen kurze Zeit später auch schon auftauchten. „Danke, aber ich heiße Jette", rief - na ja - Jette, „Hi, Mama."

113

„Hallo, Jette, hallo Cyrille, hallo, äh, Carolin?"
„Carola. Hallo." „Ach ja, tut mir Leid, die Namen der Geschwister von Jettes Freunden kann ich mir einfach nicht merken."

„Bei mir ist es noch viel schlimmer, ich weiß nicht mal mehr, wie die anderen beiden aus der Klasse heißen", antwortete Frau Bergschmidt.

„Meinen sie Sabrina und Cassandra?" entgegnete Frau Hof, „Zwei sehr nette Mädchen, und Sabrinas Bruder, wie heißt er noch mal? Ach ja, Florian. Er hat Ester beigebracht, wie man Schnürsenkel bindet. Jette, wo bist du?"

Jette hatte sich noch einmal in die Küche verdrückt, um zu essen, was ihre Mutter gar nicht wunderte.

„Jette, ich weiß, dass du praktisch immer Hunger hast, aber wir müssen jetzt gehen, wir müssen Ester noch von den Lankas abholen."

Jette schmollte ein bisschen, ging aber doch mit, nachdem sie noch schnell den Schlachtplan eingesteckt hatte, und sie und ihre Mutter verabschiedeten sich von den Bergschmidts.

Wir brauchen die Polizei

Normalerweise würde Cyrille sich freuen, dass sie den Freitag schulfrei hatte (auch, wenn am Samstag nicht das Sams kommt), doch heute musste sie lernen.

Sie verstand überhaupt nicht, warum Frau Wilhelm-Ludwig eine Woche vor dem `ach so wichtigen´ Test noch eine Ex geschrieben hatte. Dies bedeutete, dass in diesem Halbjahr nur noch eine Ex kommen würde, was wiederum bedeutete, dass diese erst spät im Halbjahr sein würde. Also würde nach dem Test bis zur Ex niemand mehr lernen. Damit ging Frau Wilhelm-Ludwigs Plan, die Klasse möglichst lange am Lernen zu halten, nicht auf.

Cyrille hatte noch nie so viele Dinge gleichzeitig zu erledigen: Sie musste doch Frau Goschn hinter Gitter bringen, mit Tom für den Wettbewerb trainieren, weil Carola noch für ihre Mutter etwas besorgen musste, und ein Geburtstagsgeschenk für ihre herzallerliebste Schwester brauchte Cyrille auch noch.

Der 14te Geburtstag war zwar kein runder, doch sie brauchte es auf jeden Fall rechtzeitig. Letztes Jahr hatte Cyrille ihr das Geschenk nicht am Geburtstag übergeben können, da sie sich mit ihrer damaligen Klasse im Schullandheim befunden hatte.

In den zwei Stunden, die sie hauptsächlich mit Grübeln verbracht hatte, hatte sie gerade einmal drei der zehn Seiten, die sie können musste, gelernt, na ja, gelernt konnte man es auch nicht wirklich nennen.

Und schon wieder schweiften ihre Gedanken ab, es war zum verrückt werden. Sie musste unbedingt den Kopf frei bekommen, also nahm sie Toms Leine, und ihn natürlich auch, und ging hinaus.

Sie liefen langsam den Weg bergab zur Innenstadt, Cyrille lies ihn alle Tricks, die er können musste, ausführen, bis sie merkte, dass sie sich wie automatisch auf die Whiskeyfabrik zu bewegten.

Eigentlich hatte sie nicht vorgehabt, noch einmal hinzugehen, sie hatte schließlich immer noch keine Ahnung, ob Frau Felsenstein zum Drogenring gehörte, oder nicht.

Sie wollte sich gerade wieder zum Gehen wenden, als ihr etwas auffiel, eine Art Stoff, der im Gras lag. Er war neulich noch nicht dort gewesen, und sie hatte auch nicht wirklich Lust, sich ihn näher anzusehen, falls die Dealer gewarnt waren, musste sie vorsichtig sein.

Doch Tom hatte andere Pläne. Er preschte plötzlich los und zog Cyrille an der Leine mit sich, geradewegs zu dem Stück Stoff.

Nun musste Cyrille es sich wohl oder übel ge-

nauer ansehen. Sie erschrak; es war Frau Felsensteins Jacke! Sie war sich hundert prozentig sicher, sie hatte sie schon so oft gesehen. Doch warum lag sie hier? Wenn Frau Felsenstein wirklich zu den Dealern gehörte, warum, ließ sie ihre Jacke dann einfach so hier liegen?
Als sie ein Geräusch von einer der Hallen hörte, beschloss sie, lieber den Rückzug anzutreten, es war wahrscheinlich sowieso eine Falle.

Daheim angekommen stellte sie fest, dass der Spaziergang nicht wirklich zu ihrer Konzentration beigetragen hatte, im Gegenteil, jetzt konnte sie wirklich *nur* noch an die Fabrik denken.

„Hast du Tom trainiert?", fragte Carola, die inzwischen wieder zurück war. Sie hielt eine der Packungen Kekse in der Hand, welche sie in Tonnen gekauft hatten, falls Jette demnächst wieder kommen sollte.

„Natürlich, er kann alles einwandfrei, er wird gewinnen, da kannst du dich drauf verlassen", antwortete Cyrille sehr monoton, da sie immer noch in Gedanken war.

„Aber es geht doch nicht ums Gewinnen, oder Tom? Ja, wir wollen einfach nur Spaß haben, mein Süßer." Sie zog eine Schnute und küsste Tom auf die Schnauze, er leckte ihr daraufhin durchs ganze Gesicht, was sie mittlerweile überhaupt nicht mehr störte. Cyrille fragte sich schon lange, wann Carola auch damit anfangen würde.

Da Cyrille nicht wirklich etwas gelernt hatte, verdonnerte ihre Mutter sie dazu, ihr Heft am Samstag zum Hundeturnier mitzunehmen. Cyrille wollte es in den Trolli mit Carolas Büchern hineinlegen, doch danach ging er nicht mehr zu.

Sie musste die Informationen über Kaywanen in eine extra Tasche packen, die Carola natürlich nutzte, um noch mehr Bücher mitzuschmuggeln.

Ihr Mutter hatte ihr schon oft gesagt, dass sie auf Fahrten keine Zeit haben würde, über zwanzig Bücher zu lesen, vor allem, weil sie die ganze Zeit mit Tom reden würde, was Frau Bergschmidt auch für überflüssig hielt.

„Sie hat keine Ahnung von Hunden, alles was sie interessiert, ist, dass wir möglichst spät einen Freund finden und dass wir ja nichts tun, was ihren Freundinnen nicht passen könnte. Aber mal ehrlich, sie braucht es ihnen doch gar nicht zu erzählen und es geht auch niemand etwas an, was wir tun", meinte Carola auf der Fahrt. Sie konnte ganz unbesorgt reden, denn ihre Mutter telefonierte gerade mit einer der besagten Damen und ihr Vater hatte angefangen über einen Traktor, der langsam vor ihnen her tuckerte, zu schimpfen.

„Ich weiß, Caro, ich hab auch genug davon, ich

meine, dass sie Jette für Sabrina hält, kann ja passieren, aber mich wegen Flori nicht zu ihr zu lassen? Er hat eine Freundin, die ist echt nett, sie war neulich in der Pause bei uns, aber das brauche ich Mama nicht zu sagen, sonst verbietet sie mir doch den Umgang mit `solchen unanständigen Kindern´.“ „Wir sind keine Kinder mehr und das weiß sie. Außerdem durften wir im Kindergarten auch noch Jungs zum Geburtstag einladen, sie scheint Angst vor den aufkommenden Gefühlen der Pubertät zu haben.“

„Nein, Caro, das hat schon vorher angefangen, kurz nachdem du sieben geworden bist.“ „Ich hab dir doch schon mal gesagt, dass ich ...“

„Wir sind da, meine Lieben! Siehst du Carola, ich hatte recht, du hast gerade mal zwei Bücher zu Ende gelesen. Ich habe gerade mit meiner Freundin darüber gesprochen, sie meint auch dass du zu viel erfundenen Krimskrams liest.“

„Mama, es ist mir egal, was deine Freundinnen über mich sagen oder denken, und wenn du immer diese Damen anrufst, wenn dir etwas nicht passt, dann wird das eine sehr teure Telefonrechnung, teurer als die Hundesteuer! Und als Mutter solltest du auch fähig sein, allein Entscheidungen zu treffen. Das heißt nicht, dass du dir keine Hilfe bei Problemen holen darfst, aber dazu hast du Papa, und meine Bücher sind kein Problem! Ich habe bisher fast alle von meinem eigenen Taschengeld gekauft. Jetzt

guck nicht so, der Blick zieht bei mir nicht."
Ihre Mutter hatte anfangs die Unterlippe vorgezogen und die Mädchen wussten nicht, ob es ein Hundeblick war oder eine Ente darstellte, doch nach Carolas letzten Worten sah sie wie ein schreiendes Schaf drein. Sie konnte wirklich nervig sein.

„Hört bitte auf zu streiten, das bringt nichts, außerdem kommen wir sonst zu spät." Ihr Vater hatte recht.

Seine Frau würde nach dieser Ansage eigentlich schon wieder eine ihrer Freundinnen anrufen, um über so ein Verhalten zu sprechen, doch es war ihr peinlich, dass Carola diese *anständigen Menschen* ablehnte.

Sie liefen hinüber zu einem der Anmeldetische, wo Carola ihren Liebling registrieren ließ.

Cyrille sah sich um; es gab jede Art von Hund, jede Art von Mensch.

Alle redeten wild durcheinander, es war sehr voll, und doch hielten viele Abstand von einander, da manche der Hunde schließlich auf andere losgehen könnten, was natürlich nicht passieren sollte.

Mitten in der Masse erkannte sie plötzlich ein bekanntes Gesicht: Lola war hier, sie hatte ja schließlich auch einen Hund.

Cyrille schrie und winkte ihr zu, woraufhin diese mit ihrem Hund auf sie zulief.

„Hi! Ich hätte nicht gedacht, dich hier zu treffen. Ich wusste gar nicht, dass du auch einen Hund hast", begrüßte Lola sie.

„Er gehört meiner Schwester Carola, sie meldet ihn gerade an", antwortete Cyrille und deutete zu den beiden hinüber.

„Der braun-schwarze? Der ist ja süß! Wie heißt er denn?" „Er heißt Tom und er ist ein Kampfdackel." „Echt? Ich habe noch nie einen in echt gesehen. Ich beschäftige mich viel mit Hunderassen, weißt du? Vielleicht werde ich später mal Tierärztin. Ist Carola auch jeden Tag am recherchieren über Hunde?"

„Nein, dafür nimmt sie sich wenig Zeit, sie liest viel lieber Romane. Tom ist außerdem der einzige Hund, der sie interessiert."

„Bin wieder da, Schwesterherz, die Dame hat mich ewig ausgefragt, weil sie keine Rasse namens Kampfdackel kennt!"

„Wie unprofessionell. Ich bin übrigens Lola, aus Cyrilles Klasse und das ist Curly, mein Collie."

„Curly, der Collie, das passt ja. Zu Kampfdackel hat leider nichts gepasst." „Ist er wirklich einer? Das ist großartig! Und er ist echt süß."

Bevor Cyrille es sich versah, waren die beiden schon mitten im Gespräch über Rassen, Futter, Training und über die Veranstalter des Turniers. Sie konnte nichts weiter tun, als daneben zu stehen und ins Leere zu starren.

„Lola! Lola, wo bist du?", rief eine andere vertraute Stimme. Sri schlängelte sich durch die Menschen hindurch auf Lola zu.

„Ich bin ja hier, guck mal, wen ich gefunden habe. Unseren Neuzugang." „Hi", sagte Sri nur, sie schien überhaupt nicht mit Cyrille gerechnet zu haben, jedoch war sie offensichtlich erfreut, sie zu sehen. Cyrille freute sich auch, nicht zuletzt, weil sie nun auch einen Gesprächspartner hatte.

Sie gingen ein Stück von den Hundefrauchen weg, um diese nicht weiter zu stören.

„Ich wusste gar nicht, dass Lola Hunde so sehr liebt", begann Cyrille. „Na ja, du kennst sie ja noch nicht so lange, aber glaube mir, ich höre das alles jeden Tag", erwiderte Sri mit ihrer wunderschönen, etwas hohen Stimme.

Die beiden scherzten miteinander und verstanden sich sehr gut. Cyrille war froh, in diese Klasse gekommen zu sein, nicht zuletzt natürlich wegen Jette, Cassandra und Sabrina. Nun nahm sie sich vor, auch mehr mit den anderen zu unternehmen und sich mit mehr netten Leuten anzufreunden.

Sri und Lola mussten zurück zu ihren Plätzen auf der Tribüne, worüber die Schwestern sehr traurig waren.

Carola hatte Lola ein paar Bücher über Hunde mitgegeben, welche diese dann Cyrille einfach wieder in der Schule zurückgeben sollte.

„Die Teilnehmer des Turniers bitte zur Bahn 1!", kam es über Lautsprecher.

Carola umarmte Cyrille noch kurz, rief ihr ein „Wünsch mir Glück!" zu und rannte mit Tom im Schlepptau los.

„Mach ich, und Tom auch!", schrie Cyrille ihr hinterher.

Sie konnte von der Tribüne aus sehen, wie sich dutzende Hundebesitzer mit ihren Wollknäueln zu einem Mann begaben, der daraufhin die Anweisungen über ihre Köpfe hinweg brüllte und dabei herumfuchtelte als würden seine Arme gleich abfallen. Dies geschah jedoch nicht, und die Teilnehmer verteilten sich auf die Startbahnen.

Carola hatte die Nummer 4, worüber sie sich sehr freute. Cyrille setzte sich wieder auf ihren Platz, nachdem sie Carolas Trolli mit den Büchern auf den Boden vor sich gestellt hatte.

Sie stellte sich vor, wie es wohl wäre, mit Carola und Jette zusammen wegzufahren. Jette würde eine halbe Imbissbude einpacken, während Carola einen Bücherbus ohne Verleih mieten müsste.

Cyrille fragte sich nun schon länger, was wohl für Sabrina das Wichtigste war, ihre Frisur vielleicht? Aber damit konnte man doch nicht seine Freizeit verbringen. Und was würde eigentlich passieren, wenn Florian irgendwann entschied, sich eine Glatze zu rasieren. Sabrina müsste das nach ihrer Logik dann auch tun. Doch hatte sie überhaupt eine?

Es war normal, dass Zwillinge in ihren Kindertagen immer gleich aussehen wollten und das gleiche tun wollten, allein schon, um ihre Familien zu ärgern.

Fast in jedem zweiten Film ging es darum, dass Zwillinge unabhängig voneinander an denselben Ort reisen und die Leute dort sich bzw. den Zwilling fragen: „Hä, aber du warst doch erst beim Tennis, wieso hast du jetzt Golf-Sachen an?" Und die Zwillinge dann selbst zu blöd sind, um sich zu denken, dass der jeweils andere vielleicht auch hier sein könnte. Vor allem, weil sie doch von den Vorlieben des jeweils anderen wissen müssten.

Einfacher wäre es daher, unterschiedliche Frisuren zu tragen, was viele Zwillinge im Erwachsenenalter sowieso freiwillig tun. Ob Sabrina dies jedoch jemals tun würde, bezweifelte Cyrille.

Vielleicht würde Sabrina ja selbst einmal Friseurin werden, weil sie es anderen Zwillingen einfacher machen wollen würde.

Ein Pfiff ertönte und Cyrille schreckte aus ihren Gedanken hoch. Die Hunde rannten alle mehr oder weniger schnell ihre Bahnen entlang.

Ein Pitbull, soweit Cyrille es erkennen konnte, machte nach wenigen Metern einfach kehrt und rannte zu seiner Besitzerin auf Bahn 2 zurück.

Er konnte nichts dafür, er hatte den `interessanten´ Duft, den man zum Anlocken der Hunde benutzte, wohl nicht so interessant gefunden wie seine Besitzerin.

Vielleicht hätte man sie und die anderen `Teilnehmer´ ins Ziel stellen sollen. Die Frau seufzte und schickte ihn gleich wieder los.

Bei den anderen Hunden schien jedoch alles zu funktionieren und Tom kam als Zweiter ins Ziel.

Carola jubelte, Tom bekam für das Hindernisrennen die Nummer 2 zugeteilt, so wie die anderen Teilnehmer auch ihre Zielnummer als Startnummer bekamen.

Der Pitbull erhielt die Nummer 36, er war nicht einmal letzter geworden, da ein paar Möpse verständnisvollerweise nicht so schnell rennen konnten.

Alle Möpse gehörten der selben alten Frau, die vorher laut herumposaunt hatte, dass, wenn sie gewinnen würde, sie ihrer Enkelin ein Puppenhaus kaufen würde.

Dass die Möpse wohl keine so große Chance hatten, sagte ihr jedoch keiner, da sie sehr nett war und an alle Kekse verteilte, und daher niemand sie enthoffnen wollte.

Ein Junge mit mittellangen schwarzen Haaren, dessen Dogge den ersten Platz gemacht hatte, lief mit dieser zum Parcours und bekam dort seine letzten Anweisungen.

Dann ertönte ein Pfiff und der Junge rannte seiner Dogge voran seitlich an den Hindernissen vorbei und lotste sie darüber.

Einmal wollte sie - so wie er - einfach vorbei, was bei den Zuschauern Gelächter auslöste. Es schien ihn nicht zu stören, die Dogge sowieso nicht, und sie brauchte nur 1:03 für die Runde.

„Und nun Nummer zwei: Carola und ihr Dackel Tom." „Er ist ein Kampfdackel", hörte man Carola neben ihm sagen. Der Veranstalter schaute sie fragend an und sah noch einmal in seine Unterlagen. „Oh, ja, ein Kampfdackel, Entschuldigung."

Frauchen und Hündchen liefen zum Start, dann kam wieder der gewohnte Pfiff und Carola hechtete los.

Sie fuchtelte herum und lotste Tom über und unter die kleinen Hindernisse. Zwischendrin beschloss sie, ihre Jacke auszuziehen und schmiss diese einfach an den Rand.

Damit erinnerte Cyrille sich wieder an die Fabrik und alles Mysteriöse drumherum.

Sie könnte verrückt werden, sie hatte sich doch vorgenommen, nicht daran zu denken, nicht heute!

Und morgen auch nicht, und am Montag schon gleich gar nicht.

Carola hatte die Runde beendet - Tom natürlich auch - und hatte 1:43 gebraucht.

Es gefiel ihr zwar nicht, dass es eine ungerade Zahl war, doch sie war natürlich trotzdem stolz auf ihren Hund.

„Die kennen hier ja alle keine Kampfdackel", meinte Lola, die inzwischen wieder neben Cyrille stand.

„Welche Startnummer hast du?", fragte Cyrille, die beim Rennen nur auf Carola geachtet hatte.

„Nummer sieben, ich muss also gleich los."

„Viel Glück!", rief Cyrille ihr nach und Lola lief mit Curly los.

Sie begegnete Carola auf dem Weg und die beiden Hunde wollten sich wieder beschnuppern, doch die Mädchen zogen sie auseinander.

Inzwischen war die Nummer drei, ein Junge mit einem Chihuahua auch schon fertig, er hatte 2:34 gebraucht. Nummer vier startete gerade als Lola unten ankam.

Das weiße Wollknäuel aus Hundehaaren fegte über die Bahn und war viel schneller als die anderen. Man hätte meinen können, dass es über seine eigenen Haare stolpern würde, doch das tat es nicht. Es schien sich schon daran gewöhnt zu haben.

Es brauchte 1:38, Nummer fünf 2:57 und Nummer sechs 3:13.

Lola wurde angepfiffen. Curly rannte und

sprang um ihr Leben, welches nicht einmal davon abhing, und war die zweitschnellste bisher; 1:23. Carola war nicht sauer, ihr ging es nicht ums Gewinnen, doch Lola freute sich übermäßig. Der Gewinner würde schließlich das goldene Halsband und 1000 Euro bekommen.

Doch bis dahin war es noch weit.

Während die restlichen 40 Teilnehmer dran waren, stellten Cyrille und Carola die beiden anderen ihren Eltern vor. Ihr Vater mochte die beiden auf Anhieb, ihre Mutter schien ihre Zweifel zu haben, doch als sie erfuhr, das keine der beiden einen Bruder oder einen Freund hatte, lächelte sie die beiden an.

Danach liefen sie zu Lolas Eltern, die die Schwestern auch zu mögen schienen.

Frau Lonz war Anfang Vierzig und man konnte bei ihr einen grauen Haaransatz erkennen. Ihr Mann dagegen stand offen zu seinem schwindenden Melanin.

Als alle Hunde gerannt waren, begann der Verkauf des Mittagessens: Hotdogs.

Dann war eine halbe Stunde Pause, bevor der Dressurwettbewerb stattfand. Diesmal war die Reihenfolge nach Alphabet, wodurch Carola wieder ziemlich früh dran kam.

Die Befehle wurden auf einer großen Tafel angezeigt und sie musste sie dann an den Mann bringen, oder besser gesagt, an den Hund.

Tom war wirklich gut, er konnte alle Befehle perfekt ausführen und auch sehr schnell.

Wieder waren die beiden weit vorne in der Rangliste und Carola konnte gar nicht glücklicher sein.

Auch, wenn sie immer gesagt hatte, zu gewinnen wäre für sie nicht wichtig, war sie doch sehr stolz auf sich und Tom, als ihnen beiden bei der Siegerehrung die Silbermedaille umgehängt wurde.

Carola bekam außerdem noch einen silbernen Knochen, den Tom natürlich nicht fressen konnte, weshalb er für ihn uninteressant war.

Gold bekam der Junge mit der Dogge, Bronze die junge Frau mit dem Wollknäuel. Sie alle sechs wurden von der Presse photographiert und anschließend interviewt.

Die Reporter stellten dieselben Fragen, die Carola bereits Lola beantwortet hatte. Man sollte meinen, die Reporter würden überall herum schnüffeln und wüssten daher schon alles, doch dem war anscheinend nicht so.

Das Ende der Veranstaltung war schneller gekommen als gedacht, doch sie konnten sich nicht beklagen. Vor allem Carola nicht. Lola hielt zwar angeblich auch am Teilnahmeprinzip fest, doch sie wirkte doch etwas traurig so ganz ohne Gewinn dazustehen.

„Du hast immerhin einen Kampfdackel kennengelernt, das wolltest du doch schon immer", meinte Sri, als sie wieder zu den Autos gingen.

Frau Bergschmidt unterhielt sich mit Frau Lonz über die Erziehung von Kindern zusammen mit Haustieren.

Frau Lonz war einfach wie eine typische Mutter, nicht zu streng, aber auch nicht so, dass ihr alles egal wäre, was ihre Kinder taten. Ein paar ihrer alltäglichen Aufforderungen machten zwar keinen Sinn, doch sie würde ihre Kinder wie eine Löwin verteidigen, sollten diese in Gefahr sein.

Stichwort Gefahr: Cyrille war auf der Rückfahrt wieder in Gedanken versunken. Sie hoffte immer noch inständig, dass Frau Felsenstein weder entführt worden noch eine Dealerin war.

Doch sie wollte Carola nicht schon wieder damit nerven, schließlich schwelgte diese noch immer im Siegesglück. Sie hatte Tom trotz des Protestes ihrer Mutter zu sich auf den Rücksitz geholt.

Nun saß er zwischen Carola und Cyrille und blickte durch die zwei Vordersitze hindurch nach vorne, wie man das eben durch die *Vorder*sitze so macht.

Carola hatte einen Arm um ihn gelegt und versuchte, mit der anderen Hand die Seiten ihres dritten Buches an diesem Tag umzublättern. Es war zwar schwierig, doch sie wollte Tom nicht loslassen, schließlich sollte er wissen, wie toll es war, was er gemacht hatte.

Als sie endlich Zuhause angekommen waren, vollführte Carola mit Tom einen Freudentanz im Garten. Sie hatte dies bei dem Turnier nicht tun können, weil dort zu viele Leute gewesen waren, sodass der Platz nicht gereicht hatte.
Sie nahm auch Cyrille bei der Hand und sie hopsten nun zu dritt durch den Garten. Sie lies Tom irgendwann los, doch er sprang weiterhin um sie beide herum.
Jedenfalls bis Carola über ihn stolperte. Sie riss Cyrille mit sich und die beiden landeten nebeneinander auf der Wiese.
Sie hätten noch ewig so weitermachen können, doch ihre bestellte Pizza war da.
Also gingen sie hinein und retteten sich noch ein paar Stücke, bevor ihr Vater alles verputzt hatte. Dies drohte er ihnen nämlich immer an, wenn sie zu spät zum Essen kamen.
Obwohl sie natürlich wussten, dass er niemals so viel alleine schaffen würde, wollten sie es nicht riskieren.

Am nächsten Tag, einem Sonntag, schauten sie noch einmal bei der Fabrik vorbei. Carola war inzwischen auch voll und ganz davon überzeugt, dass Frau Felsenstein entführt worden war.

„Ihre Jacke liegt immer noch hier. Was sollen wir jetzt tun?", fragte Cyrille unentschlossen.

„Wir schauen noch mal bei ihr Zuhause, ob sie nicht vielleicht doch wieder zurück ist", antwortete Carola.

Als sie sich wieder vor dem Haus befanden und niemand ihnen die Tür öffnete, beschlossen sie, Jette anzurufen. „Da sie schon länger als 24 Stunden vermisst wird, könnten wir zur Polizei gehen", kam es von Jette aus dem Lautsprecher des Handys. „Soll ich auch mit? Dann treffen wir uns dort."

Zur Polizei war es ein langer Weg, da sie am anderen Ende der Stadt ihr Revier hatte (wobei die ganze Stadt ihr Revier war). Man hatte es bewusst nicht ins Zentrum gebaut, da es sonst zu viel Gerede gäbe, wenn die vielen Menschen dort die Sirene hörten.

Nach einer gefühlten Ewigkeit waren sie endlich angekommen. Das Revier war dunkelbeige angestrichen und hatte große Fenster, welche jedoch oft durch die geschlossenen Rollos sozusagen nutzlos gemacht worden waren.

Jette wartete bereits auf sie und sie gingen zu dritt hinein. Sie waren noch nie auf einer Polizeiwache gewesen und wussten zuerst gar nicht, wo sie hin mussten.

Da bemerkte sie einer der Polizisten und er ging auf sie zu „Sucht ihr etwas Bestimmtes?", fragte er freundlich.

„Ja, wir haben nämlich den Verdacht, dass unsere Deutschlehrerin entführt wurde", antwortete Cyrille.

„Müsstet ihr euch darüber nicht freuen? Dann habt ihr doch keinen Unterricht mehr." Cyrille sah ihn geschockt an. „Schon gut, war nur ein Witz. Dann kommt mal mit in mein Büro."

Er deutete auf die Stühle, die vor seinem Schreibtisch standen und sie setzten sich. „Dann erzählt mal."

Sie hatten keine Lust, ihm alles von Anfang an zu erzählen, die Drogengeschichte sollte erst noch geheim bleiben, außerdem reichte es ja wohl aus, dass sie die Jacke dort liegen gesehen hatten.

Herr Kopp, so hieß der Polizist, hörte ihnen aufmerksam zu, während er gelegentlich an seinem Kaffee nippte.

„Das hört sich ja alles wirklich so an, wie wenn sie dort wäre. Na, dann werden wir mal mit dem Streifenwagen dorthin fahren. Kommt mal mit", sagte er, während er sich seine Polizeijacke anzog. Herr Dressel, sein Kollege, kam a mit.

Die Fahrt verlief relativ unspektakulär, wobei Cyrille Jette daran hindern musste, ihr Essen auszupacken und es zu essen (was sollte man auch sonst mit Essen machen), weshalb dieser ein paar Minuten später der Magen knurrte.

„Wir wissen, dass sie hier ist, sehen sie, dort drüben ist ihre Jacke", rief Cyrille, als sie angekommen waren. „Und ihr seid euch sicher, dass es ihre ist?", fragte Herr Dressel skeptisch. Er schien ihnen nicht zu glauben.

„Ja natürlich, sie trägt sie jeden Tag, seit Schuljahresbeginn, sogar bei sich Zuhause hatte sie sie an."

„Na und, es gibt bestimmt mehr solcher Jacken." Mehr Skepsis konnte man fast nicht ausstrahlen. Die Mädchen hatten langsam genug von Herrn Dressel.

Jette suchte derweil nach dem Lehrerfoto, welches den Besitz Frau Felsensteins einer solchen Jacke beweisen sollte.

„Entschuldigung, Herr Kollege, aber sollten wir nicht vielleicht die Taschen der Jacke leeren, um festzustellen, ob sich darin personenbezogene Gegenstände befinden?", unterbrach ihn Herr Kopp, welcher ihnen zu glauben schien, oder zumindest eine eventuelle Wahrheit allgemein in Betracht zog. „Natürlich, das wollte ich doch die ganze Zeit tun, haben Sie das nicht gemerkt!" Da es niemand bemerkt zu haben schien, weil es nämlich nicht stimmte, begannen die beiden Polizisten zu streiten. „Entschuldigung, Sie wollten die Jacke durchsuchen", rief Cyrille dazwischen. „Ja, dann machen wir das doch mal", antwortete Herr Kopp und ging darauf zu.

Jette hatte inzwischen in den endlosen Weiten ihrer Handy-Galerie das Foto gefunden. Frau Felsenstein trug auf dem Bild wirklich diese Jacke, Herr Dressel schien jedoch immer noch nicht überzeugt.

„Sehen Sie mal, ich habe hier ein Handy gefunden, wissen Sie, ob es Ihrer Lehrerin gehört?" Herr Kopp reichte Cyrille ein rotes Handy. Cyrille schaltete es ein.

Auf dem Sperrbildschirm war tatsächlich ein Bild von Frau Felsenstein und einer anderen Frau, und sie nickte. Herr Dressel mischte sich ein: „Ja, Herr Kopp, dann nehmen Sie doch noch die Personalien der Drei auf, ja? Ich werde die Jacke mit auf's Revier nehmen."

„Moment, Sie müssen Frau Felsenstein suchen, es *ist* ihre Jacke, sie *muss* hier sein." „Es besteht jedoch kein Verdacht auf eine lebensbedrohliche Lage. Ohne diese haben wir kein Recht, die Gebäude zu durchsuchen."

„Aber, aber, … man, warum muss sich alles so verzögern! Erst glauben mir meine Freunde nicht, dann gehen wir zu einer Vertrauensperson, diese verschwindet, und nun glaubt mir nicht mal die Polizei!" Cyrille hatte sich in Rage geredet, was sie noch fast nie getan hatte.

„Beruhige dich, Cyrille, wir machen uns ja auch Sorgen, aber du weißt ja, wie das ist, mit dem Eigentumsrecht, man kann nicht einfach fremde Sachen durchsuchen", versuchte Carola sie

wieder auf eine normale Lautstärke zu bringen.
„Aber ihr habt mir zuerst auch nicht geglaubt,
und Sabrina wird es wahrscheinlich auch nicht
glauben."
„Das besprechen die Damen dann wohl besser
bei sich zu Hause, die Polizei hat auch noch
anderes zu tun", unterbrach sie Herr Dressel.
Die Polizisten schienen sich nicht zu fragen,
wofür die Mädchen eine Vertrauensperson
brauchten.

Und so gingen die drei (vier, wenn man Tom
mitzählte) wieder zu den Bergschmidts nach
Hause.
Ihnen war klar, dass sie es auch Sabrina irgendwann erzählen mussten, denn, wenn sich
ihr Verdacht bewahrheitete, wovon auszugehen
war, dann würde Sabrina am Ende beleidigt
sein, dass sie es ihr vorenthalten hatten. Andererseits war Sabrina die Art von Mensch, die
Ideen, die nicht von ihr kamen, als schlecht
oder falsch abstempelte. Warum sie das tat,
wusste keiner, doch es hatte noch nie einen
größeren Streit darum gegeben.
Sie beschlossen, es ihr nach dem Wandertag
anzuvertrauen, auf den sie eigentlich nicht wirklich Lust hatten, weil sie Museen ziemlich lang-
weilig fanden, besonders mit Frau Wilhelm-Ludwig. Doch immerhin es war besser, als Unterricht.

Jette blieb noch ein wenig bei ihnen und sie beschlossen Cassandra anzurufen und es wenigstens ihr zu erzählen.

Es dauerte etwas, bis sie ran ging, doch dann sahen sie sie endlich auf dem Bildschirm. Sie trug einen dicken Wintermantel und hatte die Kapuze noch über die Mütze gezogen. Es war ihr offensichtlich trotzdem noch kalt und sie klapperte ein wenig mit den Zähnen.

„Schön euch mal wieder zu sehen und zu hören. Ist irgendwie lange her." „Wir wollten dir etwas erzählen. Cyrille, fängst du an?"

Und so erzählten sie ihr alles, was sie auch Frau Felsenstein erzählt hatten, nur mit dem Zusatz, dass diese nun weg war.

Cassandra machte große Augen, musste diese jedoch wegen des kalten Windes immer wieder schließen.

„Warum habt ihr mir das denn nicht früher gesagt? Einmal, wenn ich weg bin und euch nicht helfen kann, passiert so was. Oje, ich kann ja jetzt nicht einfach schnell nach Hause kommen. Wartet mal, wir haben hier morgen wahrscheinlich schneefrei, da kann ich dann mal über die Fabrik recherchieren, ja?"

„Ja, danke, mach das. Und bitte keinem verraten, ja?" „Ja, klar. Ich verstehe nicht, warum die Polizei euch nicht glaubt, jetzt, nachdem bewiesen wurde, dass es wirklich Frau Felsensteins Jacke ist." „Die denken, wir wollen sie auf den

Arm nehmen."

„Ich werde euch *in* den Arm nehmen, wenn ich wieder da bin. Tschüss!" „Tschüss", riefen die drei und Cassandra legte auf.

Wir brauchen den Krankenwagen

Montag. Cyrille war seltsamerweise freiwillig aufgestanden. Was wohl passiert war? Keine Angst, es war kein Feuer ausgebrochen, und Tom war ungewöhnlich still am Morgen. Sogar er merkte es; es war Carolas Geburtstag! Ganze 14 Jahre war sie nun alt. Noch schlief sie, doch eine Horde Familienmitglieder machte sich mit Geschenken und Kuchen bewaffnet auf den Weg in ihr Zimmer.

Als sie nebeneinander vor dem Bett standen und Tom sich brav an das Fußende gesetzt hatte, begannen sie mit ihrem überraschend wohl gestimmten Gesang: „Happy birthday to you, happy birthday to you, happy birthday, dear Carola, happy birthday to you!" „Auuuuhh", jaulte Tom hinterher und sprang auf seine, natürlich wachgewordene, Besitzerin.

„Mein Großer, ich bin an deinem Geburtstag auch nicht auf dich drauf gesprungen. Aber keine Sorge, ich hab dich immer lieb. Hallo, Leute, danke für den Gesang. Oh, es gibt Kuchen!"

Cyrille reichte ihr ein Stück, welches sie heute ausnahmsweise in ihrem Bett essen durfte. „Gibt's doch jedes Jahr, Caro, warum so überrascht?", erwiderte sie daraufhin und setzte sich auf die Bettkante (natürlich nicht auf die Kante selbst, ein zwei Zentimeter dickes Stück Holz wäre wohl doch etwas unbequem).

„Weil Tom an seinem Geburtstag keinen Kuchen bekommen hat", murmelte sie durch den Bissen Kuchen in ihrem Mund hindurch.

„Carola, er verträgt nicht so viel Zucker, das weißt du." Ihre Mutter hatte inzwischen den Rest des Kuchens aus der Küche geholt, Cyrille ein Stück gegeben und setzte sich nun mit ihrem Mann an Carolas Schreibtisch, um auch zu essen.

Cyrille dachte inzwischen an die Geschichte von Carolas Geburt, die ihre Tante Carina, Carolas Patin, oft erzählt hatte.

Es war ein Freitag gewesen, Tante Carina saß mit Cyrilles Eltern am Tisch und unterhielt sich mit ihnen über die neue Handtaschenkollektion, während die kleine Cyrille auf ihrem Spielteppich herumkrabbelte. Die Tante hatte nach dem zweiten Kuchenstück die Gabel weggelegt und zu ihr hingesehen und da hatte Cyrille sich erhoben und begann zu laufen. Carina brachte kein Wort heraus, deutete nur auf Cyrille, woraufhin ihre Schwester und ihr Schwager auch zu ihrer Tochter sahen. Cyrille tapste auf ihre Mutter zu, die vor Freude Schmerzen bekam.

Dachte sie zuerst, denn es waren eigentlich Wehen, die das Baby ankündigten. Als sie dies realisierte, beugte sie sich mit Tränen in den Augen zu Cyrille hinunter, nahm sie in den Arm und sagte zu ihr. „Deine Schwester kommt, mein Schatz."

Sofort brach Panik bei ihrem Mann aus, er rannte zur Garage, um das Auto in den Hof zu fahren, während Carina zu ihrer Schwester lief, um sie zu beruhigen. Diese atmete tief ein und aus. Cyrille schaute ihre Mutter mit großen Augen an als sie anfing zu stammeln: „S-Sw-Swester." Die beiden Frauen sahen sie erstaunt an, überglücklich wegen Cyrille und zugleich aufgeregt, wegen der nun geburtbereiten Carola.

Carina nahm ihre Nichte auf den Arm, ihre Schwester an die Hand, und lief in den Hof, wo das Auto mit Fahrer schon wartete.

Während der Fahrt hatte Cyrille ihr Ohr die ganze Zeit am Bauch ihrer Mutter und versuchte etwas zu hören. Es schien nicht viel zu sein, weil sie bei der Ankunft am Krankenhaus ein wenig enttäuscht wirkte.

Mutter und Vater liefen sogleich hinein, Tante Carina und Cyrille etwas langsamer hinterher, da Cyrille ja gerade erst ihre ersten Schritte getan hatte und es noch nicht ganz beherrschte.

Sie warteten sehr lange vor dem Kreißsaal, man konnte nicht sagen, ob Tante oder Nichte aufgeregter war. Cyrille übte weiter gehen, immer unter Beobachtung ihrer Tante. Sie versuchte immer wieder in den Saal zu kommen, was ihr nicht gelang, weil ihre Tante sie natürlich aufhielt.

Irgendwann stampfte sie auf den Boden und rief: „Swester, jetzt!", was Carina zum Lachen brachte: „Wir können es nicht beschleunigen, komm her, ich lese dir was vor."

Zwei Stunden später war es soweit; die schreiende Carola wurde mit ihrer Mutter durch die Gänge des Krankenhauses zum Zimmer gebracht.

Mutter, Vater und Tante bestaunten das kleine, weiße Bündel, dass in ihren Armen lag. Cyrille klopfte auf das Bett. „Swester!", rief sie, und ihre Tante ging neben ihr in die Hocke mit dem Baby auf dem Arm. Es hatte inzwischen aufgehört zu weinen, und lächelte Cyrille zu. Diese lächelte zurück und tippte ihr auf die Nase, was ihr Vater oft bei ihrer Mutter tat.

Als Tante Carina wieder aufstand, fing das Baby wieder an zu schreien. „Nis weinen, Swester, komm, ich lese dir jes was vor", meinte Cyrille, obwohl sie noch gar nicht lesen konnte, doch weil ihre Tante dies so oft zu ihr gesagt hatte, schien sie es für das Beste zu halten, wenn man weinte.

Es war für Babys wirklich beruhigend, eine vertraute Stimme zu hören, und wenn eine Mutter keine Ahnung hat, was sie die ganze Zeit sagen soll, ist es schlau etwas vorzulesen.

Carola schien das mit dem Lesen sehr Ernst genommen zu haben, denn sie tat es ständig, auch jetzt, während sie ihren Kuchen aß. Im gleichzeitig Lesen und Essen war sie inzwischen Meister, sie tat es nun schon seit fast acht Jahren.
Ihre Eltern hatten natürlich etwas dagegen, doch mit dem Argument, dass sie so Zeit sparen und diese dann zum lernen nutzen könnte, waren die beiden verstummt.
Pünktlich um halb Acht gingen die beiden aus dem Haus. Carolas Klasse fuhr heute ins Theater, um sich `die Zauberflöte´ anzusehen. Es war nur ihre Klasse, weswegen auch schon alle da waren und sie abfahren konnten.
Bei den Museumsbesuchern war dies anders Die Acht b und c stritten sich darum, aus welcher Klasse mehr zu spät gekommen waren.
„Ihr seid total unzuverlässig, hat man ja auch in Sport schon gemerkt", rief Florian. „Ach, wer hat es denn nicht geschafft, sich über den Barren zu hangeln, hä?" „Du hast es auch erst beim zweiten Mal geschafft!" „Auch? Du hast vier Versuche gebraucht. Ich dachte kurz, vielleicht war's ja deine Schwester, aber so blöd wie du dich die ganze Zeit aufgeführt hast, war klar, dass du's warst." „Erstens bin ich nicht dumm und zweitens lass gefälligst Sabrina in

Ruhe!"

„Was ist denn hier los?", rief Frau Wilhelm-Ludwig, die zu spät gekommen war, was aber aus ihrer Sicht völlig in Ordnung war. „Er hat angefangen!", beschuldigten sich die beiden Jungs gleichzeitig, woraufhin sie sich noch mehr zu verabscheuen schienen.

Wobei dies doch nicht der Fall zu sein schien, da sie sich, nachdem sie in den Bus gestiegen waren, wieder vertrugen. Sie wechselten mehrmals das Opfer, über das sie lästerten. Jungs tun dies oft, warum, ist zwar ein Mysterium, doch sie meinen es häufig gar nicht ernst, was aber trotzdem manchmal zu Missverständnissen führen kann.

Cyrille erinnerte sich noch gut daran, wie vier Jungs aus ihrer alten Schule sich bei so etwas geprügelt hatten, bis schließlich einer von ihnen mit dem Kopf auf dem Boden aufschlug und mit einer schweren Gehirnerschütterung ins Krankenhaus gebracht werden musste. Natürlich hatte niemand sagen wollen, wer es gewesen war. Folglich hatten alle drei nachsitzen müssen, doch waren sie danach immer noch Freunde gewesen.

Während der Fahrt erzählten die Mädchen einander von ihrer Grundschulzeit. Lola hatte einmal ihr Pausenbrot gegen die Wand geworfen, weil es ihr nicht geschmeckt hatte, woraufhin der Schul-Rowdy darauf ausgerutscht war und ihn alle ausgelacht hatten. Seitdem war er sehr still gewesen. „Du hättest es aber auch mir geben können", rief Jette, als die Lachwelle verstummt war. „Du warst nicht an meiner Grundschule." „Du hättest es mir trotzdem vorbeibringen können!" Alle lachten wieder los.

Als sie endlich beim Museum ankamen, war es schon neun Uhr und Jette hatte mal wieder Hunger. Wegen einer Person wollten die Lehrer keine Pause einlegen, und so gingen sie gleich hinein.

Jette war traurig. „Was habe ich ihr denn getan, dass ich nichts essen darf?", klagte sie, als Frau Wilhelm-Ludwig mit dem Museumsdirektor sprach. „Nichts, aber sie muss eben ihren Zeitplan einhalten und da ist ihr dein Hunger im Weg." „Fetti is immer im Weg, ganz einfach, weil sie so fett is", mischte sich Bruneline mal wieder ein. „Ist sie nicht! Nur weil sie viel isst, heißt das nicht, dass sie fett ist. Es grenzt an ein Wunder, wie viel sie essen kann ohne fett zu werden."

„Ach, ich dachte, du wolltest dich nicht streiten, Neue. Und außerdem, wieso glaubst du an so einen Quatsch, wie Wunder?" „Unser Pfarrer sagt das auch immer, und er ist sehr menschlich." „Ich dachte, er wäre ein geistlicher?" meinte Branda.

„Es gibt Wunder, zum Beispiel in der Liebe!".

rief Libby und sie und Martha seufzten in den Raum hinein. „Oh nein, jetzt geht *das* schon wieder los. Ich dachte, ihr hättet diese Seite aufgegeben", stöhnte Lola genervt. „Welche Seite denn?", fragte Frau Wilhelm-Ludwig, die inzwischen zurück war.

„Na Ship-Ida!", riefen die beiden gleichzeitig. „Was ... ist ... das denn schon wieder?" „Eine Datingseite-" „-aber nicht nur!-" „-nein, nein!-" „-es ist auch eine Seite mit Informationen und Tests, damit du „den richtigen findest!"" Sie hatten sich beide perfekt ergänzt und am Schluss sogar gleichzeitig gesprochen.

Frau Wilhelm-Ludwig kniff die Augen zusammen. „Ihr solltet euch nicht auf solchen Seiten herumtreiben, wer weiß, was sich da sonst noch so herumtreibt."

„Wortwiederholung, Frau Wilhelm-Ludwig, bei Frau Felsenstein hätten wir einen Punkt Abzug bekommen." „Wo ist sie eigentlich?" „Keine Ahnung, vielleicht hat sie keine Lust mehr auf uns?" „Ich auch nicht!", meinte Bruneline. „Denkst du, wir auf dich!" Knurrte Sabrina. „Schluss jetzt, ihr zwei! Und ihr anderen zwei, haltet euch bitte von dieser Datingseite fern."

„Aber wir chatten doch mit niemandem, wir machen nur Tests und lesen uns die Fakten durch, damit wir von den Jungs aus unserem Jahrgang hier an der Schule gemocht werden."

„Wissen sie, es kommt sehr viel auf den Geruch

146

an, man erkennt seinen Partner am Geruch, jeder mag einen anderen Duft, der-"

„Das mag ja alles stimmen, aber ihr müsst doch da eure Adresse angeben, oder nicht?"

„Na ja, wir haben die Adresse der Schule angegeben, so oft, wie wir da hingehen müssen, wohnen wir ja schon fast da."

„Und das haben die Betreiber von der Seite nicht gemerkt?", fragte Lola.

„Nein, die prüfen das nicht nach", antwortete Libby.

„Moment mal, heißt das, dieser Stoffberatungs-Katalog, der neulich in den Briefkasten der Schule geworfen worden war, der gehört quasi euch?"

„Da wurde etwas geschickt? Das wussten wir nicht. Der gehört dann wohl uns, ja."

„Dann holt ihn bitte im Sekretariat ab, wenn wir wieder zurück sind. So und jetzt gehen wir endlich, der Museumsführer wartet. Wir wollen ja heute etwas über Musikgeschichte lernen."

Nach dieser doch sehr nervenaufreibenden Unterhaltung wurden sie von einem braunhaarigen Mann herumgeführt, der ihnen alles und noch viel mehr erklärte, über Sänger, ihre Musik, die Hintergründe der Themen in den Liedern und sogar die psychologischen Hintergründe der Instrumentenwahl.

Es war interessanter als Cyrille es sich vorgestellt hatte, und auch die meisten anderen schienen zuzuhören.

Die Ausnahme bildeten mal wieder Sabrina und Bruneline, die von ihrer gemeinsamen Abneigung aber jeweils nichts zu merken schienen. Was gut war, denn sonst hätten sie sich deswegen gestritten.

Cyrille fragte sich, ob sie beste Läster-Schwestern hätten werden können, wenn sie nicht so verbissen gegeneinander wären.

Cyrille fragte sich in letzter Zeit sehr viel. Sie wusste nicht, ob sie in ihrer Kindheit schon so viel gegrübelt hatte, oder ob dies erst mit der Pubertät kam. Doch sie wollte nicht alles auf diese schieben, viele Eltern taten das und ignorierten so die Probleme ihrer Kinder. - Oder besser gesagt Jugendlichen.

Man hatte oft den Eindruck, dass man mit Pubertierenden über nichts reden konnte, doch zeitlose Themen, wie Sport oder Essen, sollten doch relativ einfach mit allen Altersgruppen zu bewältigen sein.

Danach bekamen sie einen Fragebogen und mussten das Museum nochmal alleine durchstreifen, um die Fragen zu beantworten.

„Warum haben sie uns die Zettel nicht gleich von Anfang an gegeben?", fragte Lola ihre Lehrerin. „Weil ihr euch alles besser merkt, wenn ihr es euch zweimal anseht."

Sie hatten natürlich keine Lust, dies zu tun, und so teilten sie sich in Gruppen ein, von denen jede eine andere Frage beantwortete. Danach schrieben sie voneinander ab.

Frau Wilhelm-Ludwig bekam davon nichts mit, da sie noch mit dem Museumsdirektor redete.

Als alle wieder zum Bus gingen, bekam Jette plötzlich einen Anruf. Es war Cassandra.

„Hallo Leute, habt ihr gerade Zeit?", fragte sie, als sie auf dem Bildschirm erschien. „Ja, klar, was ist denn passiert?", erwiderte Cyrille.

„Ihr wolltet doch etwas über die Fabrik wissen. Nun, zuerst einmal, Frau Goschn hat dort vier Jahre lang gearbeitet bis die Fabrik vor drei Jahren geschlossen wurde, weil sie pleite gegangen war. Seitdem ist die Frau beim Arbeitsamt registriert. Ich habe aber auch einen Artikel über sie gefunden, in dem steht, dass sie schon einmal wegen des Verdachts auf Besitz und Handel mit Drogen angezeigt worden war. Von wem, steht hier nicht, aber ich schätze mal, von einem ihrer Kollegen."

Cyrilles und Jettes Gesicht hellte sich immer mehr auf, während Sabrinas sich immer mehr verdüsterte. „Von was redet ihr überhaupt?", fragte sie mit zusammengezogenen Augenbrauen.

„Ihr habt ihr noch nichts davon erzählt?" „Nein, Cassi, dazu sind wir noch nicht gekommen, aber das holen wir gleich nach. Danke jedenfalls, tschüss." „Tschüss."

„Also, die Sache ist die..."

Sabrina wirkte mehr und mehr beleidigt, je mehr Cyrille ihr erzählte. Klar, man sollte mit seinen Freunden über alles reden können, doch bei Sabrina hatte Cyrille das Gefühl, dass sie ihr nicht vertrauen konnte.

Außerdem hatte Sabrina lange Zeit gar nichts davon hören wollen, da war es nur normal, dass man irgendwann auf eigene Faust ermittelte.

Noch etwas unsicher stieg Cyrille mit den anderen wieder in den Bus. Doch als sie alle wieder miteinander lachten, war die schlechte Stimmung schnell vorüber.

Sabrina hatte beschlossen, ihnen zu helfen, nachdem sie gemerkt hatte, dass sie somit Bruneline schaden konnte.

Dies war zwar nicht Cyrilles Ziel gewesen, doch sie konnten die Hilfe gebrauchen.

Am darauffolgenden Nachmittag rief Cassandra nochmals bei ihnen an und berichtete, sie habe herausgefunden, wie der Staatsanwalt im Prozess gegen Frau Goschn hieß: Tasman.

Ihnen war natürlich klar, dass es nicht der Teufel selbst sein konnte, sondern höchstwahrscheinlich sein Bruder. Nun wussten sie endlich, woher Bruneline und Herr Tasman sich kannten: Sie mussten sich im Gericht begegnet sein.

Da Frau Felsenstein noch immer nicht wieder aufgetaucht war, beschlossen sie, wieder die Polizeiwache zu stürmen, diesmal zu viert.

Herr Dressel war nicht gerade begeistert, sie wieder zu sehen, während Herr Kopp sich offensichtlich freute.

„Hallo, schön euch mal wieder zu sehen. Ihr seid bestimmt wegen eurer Lehrerin hier, nicht wahr? Nun, darf ich vorstellen, das ist Jennifer O'MacSon, sie ist die Austauschpartnerin von Frau Felsenstein."

Die Frau drehte sich zu ihnen um. Sie hatte blonde Haare, eine graue Mütze und einen pink-grau-melierten Mantel unter dem sie ein schwarzes Kleid und eine schwarze Strumpfhose trug.

„Habt ihr sie gesehen? Wisst ihr, wo sie ist?", fragte sie mit hoffnungsvoller Stimme. „Wir glauben, es zu wissen", antwortete Cyrille, die Mitleid mit Jennifer hatte.

„Sie hat mir von eurer Klasse erzählt, hat immer gesagt, wie nett ihr doch alle seid, außer irgendeine mit einem Dutt, oder so. Ihren Namen wollte sie jedoch nicht nennen."

„Das ist Bruneline", unterbrach Sabrina sie.

„Na ja, wie auch immer", fuhr Jennifer fort, als ob nichts gewesen wäre, „Wir telefonieren normalerweise jeden Tag, doch sie hat sich seit Donnerstag nicht mehr bei mir gemeldet und hat auch nicht auf meine Anrufe reagiert. Und heute ist Dienstag! Es muss etwas Schlimmes passiert sein, sonst hätte sie mir doch geschrieben. Außerdem ist mein Kater nicht mehr zu Hause. Wenn meine Freundin freiwillig irgendwo hingegangen wäre, dann hätte sie ihn bei einer Nachbarin abgegeben, aber das hat sie nicht, ich habe bei allen in der Straße nachgefragt."

„Jetzt beruhigen sie sich erst einmal, Frau O'MacSon, wir werden sie finden, keine Sorge. Wir werden gleich mit dem Streifenwagen wieder zur Fabrik fahren", meinte Herr Kopp. „Das ist immerhin unser einziger Anhaltspunkt."

Herr Dressel schien darüber nicht sehr erfreut zu sein, immerhin hatte er den Mädchen zuerst nicht glauben wollen, doch nun schien sich deren Verdacht zu bewahrheiten.

„Ich glaube nicht, dass sie dort ist", rief Herr Dressel laut und deutlich allen zu, als sie in die Autos stiegen, und erneut, als sie ausstiegen.

Jennifer sah daraufhin noch verzweifelter aus, als zuvor.

„Er will nur nicht zugeben, dass er einen Fehler gemacht hat", raunte Cyrille ihren Freundinnen zu. „Feigling", meinte Sabrina, wobei *sie* auch nie ihre Fehler zugab.

Die Suche begann wieder von vorn, doch da sie diesmal einen Spürhund dabei hatten, würde es wohl schneller gehen.

Zuerst interessierte er sich nur für Carola, da sie nach Tom roch. Dies half ihnen natürlich nicht sonderlich viel, doch wenigstens wussten sie, dass der Hund überhaupt riechen konnte. Es war auch sinnvoll, dass er es konnte, da er schließlich einen Job zu erledigen hatte.

Einer der anderen zwei Polizisten, deren Namen sie nicht kannten, hielt ihm die Jacke hin, die sie schon seit Sonntag auf dem Revier hatten.

Zuerst befürchteten sie, dass der Geruch inzwischen verflogen sein könnte, doch dies schien nicht der Fall zu sein.

Der Hund schnüffelte den Boden ab und hatte sogleich die Fährte gefunden. Alle reihten sich hinter ihm auf, was ziemlich seltsam aussah doch sie selbst konnten es ja nicht sehen. Sie folgten ihm einfach, bis er schließlich einen Handschuh fand.

„Der gehört ihr, dass weiß ich ganz sicher!", rief Jennifer, die sich jetzt nur noch mehr um ihre Freundin sorgte.

„Wir finden sie, keine Angst." „Aber was ist, wenn sie gar nicht mehr lebt? Vielleicht sind wir schon zu spät, vielleicht hat sie am Sonntag noch gelebt!"

Cyrille fühlte sich auf einmal sehr schuldig.

Wenn Jennifer recht hatte, dann wäre es ihre Schuld, dass sie nicht fähig gewesen war, sich durchzusetzen, da die Polizei es als nicht sonderlich wichtig angesehen hatte.

Der Spürhund schnüffelte weiter. Er rannte schnell über den Platz und sie kamen sich vor, wie wenn sie im Kreis gehen würden, doch schließlich konnte es ja auch sein, dass Frau Felsenstein vor den Dealern weggerannt war.

Irgendwann blieb der Hund doch stehen. Sie befanden sich nun vor dem Abfüllraum, indem, oh Wunder, der Whiskey abgefüllt worden war.

Nun war dort natürlich kein Whiskey mehr, doch wenn man dem Hund glauben schenkte, dann war dort die Gesuchte.

Herr Kopp öffnete die Tür und fand nur eine Treppe nach unten. Als sie die ersten Stufen betraten, hörten sie ein leises Summen, welches während des Hinabsteigens immer lauter wurde.

Unten angekommen gab es zwei Türen. „Ich denke, dass sie dort drin ist!", rief Herr Dressel.

„Ich dachte, sie glauben gar nicht, dass sie hier ist, Herr Kollege", erwiderte Herr Kopp.

„Wie auch immer." Herr Dressel stürmte vorwärts und durch die Tür.

Natürlich war sie nicht dort.

„Herr Kollege, ich denke, wir sehen mal durch die andere Tür, nicht wahr?", fragte Herr Kopp verschmitzt und schloss die andere Tür auf, in deren Schloss ein Schlüssel steckte.

Frau Felsenstein saß auf dem Boden. Sie hatte die Beine an den Körper gezogen und sah mit leerem Blick aus dem Fenster.

Als sie das Geräusch des Schlüssels hörte, sah sie zur Tür.

„Mädels! Habt ihr die Drogenbande geschnappt?", fragte sie hoffnungsvoll.

„Nein, leider noch nicht, aber wir sind dabei", antwortete Cyrille, als Jennifer schon an ihr vorbei stürmte.

„Geht es dir gut?" „Wie man es nimmt. Was machst du eigentlich hier?", fragte Frau Felsenstein irritiert. „Na, du hast nicht mehr angerufen, da habe ich mir Sorgen gemacht."

„Ah", Frau Felsenstein schien immer noch etwas durch den Wind zu sein, auch wenn in diesem Raum gar kein Wind wehte, „und wie geht es dem Kater?"

„Der ist nicht mehr da", antwortete Jennifer traurig. „Oh nein, es tut mir so Leid!"

„Könnten sie ihre Konversation vielleicht bei sich zuhause fortsetzen?", fragte Herr Dressel genervt.

Herr Kopp mischte sich ein: „Wie geht es Ihnen? Können Sie aufstehen und gehen?" Frau Felsenstein stand wankend auf. Jennifer half ihr die Treppe hinauf. Sie traten hinaus. Frau Felsenstein hielt sich die Hände vor die Augen, als sie nach drei Tagen im Keller von der Sonne geblendet wurde.

„Haben sie Ihre Entführer gesehen?", fragte Herr Kopp vorsichtig, da sie sehr schwach aussah.

„Nein, leider nicht, sie haben mich von hinten überfallen. Habt ihr etwas zu essen? Ich verhungere gleich", meinte sie, als sich ihre Augen wieder beruhigt hatten. „Nein, tut mir Leid, daran habe ich leider nicht gedacht", antwortete Jennifer.

Alle sahen Jette an. „Was? Nur weil ich immer Hunger habe, heißt das nicht, dass ich auch immer etwas dabei habe."

„Dann rufen wir jetzt zur Sicherheit einen Krankenwagen für Sie, die Anzeige können wir auch morgen aufnehmen." Herr Kopp wandte sich an die vier Mädchen. „Und von euch muss ich jetzt wissen, was es mit dieser Drogengeschichte auf sich hat."

Nun schien Herrn Dressels Interesse auch endlich geweckt. Er zog die Augenbrauen hoch und drängte sie aufgeregt zum Streifenwagen, damit sie auf dem Revier ihre Aussagen machen konnten.

Herrn Kopp war sofort klar, dass augenblicklich gehandelt werden musste, da Frau Goschn hätte gewarnt worden sein können, angesichts der Tatsache, dass die Entführer bei ihrer Rückkehr

Frau Felsenstein nicht mehr vorfinden würden.

Als sie zusammen mit vier Polizisten das Revier wieder verließen, waren die Mädchen erleichtert, dass die Polizei ihren Verdacht gegen Frau Goschn geglaubt hatte.
Cyrille hoffte, dass diese nun bald verhaftet werden würde.

Jetzt wird's spannend

So langsam könnte Cyrille sich an den Streifenwagen gewöhnen. Er war nicht viel anders, als
andere Autos, doch man kam sich viel wichtiger
vor, wenn man darin saß.
Es sei denn, man hatte Handschellen, doch
dies war bei Cyrille zum Glück nicht der Fall.
Jedoch hoffte sie, dass Frau Goschn diese bald
tragen würde.

Wie sie es erwartet hatten, machte Frau
Goschn nicht auf, als sie klingelten.
Die Polizisten liefen einmal um das ganze Haus
herum und suchten ein offenes Fenster. Sie
wirkten fast wie professionelle Einbrecher, hätten sie ihre Uniform nicht angehabt.
Sie klingelten noch einmal, doch dann hörten
sie von der Zufahrt ein Geräusch, das wie ein
verstopfter Dunstabzug klang: es war Frau
Goschn, die schlurfend auf sie zukam und versuchte, etwas zu summen, was wegen ihrer
Raucherstimme nicht gelang.
„Ach, hallo, Frau Goschn zu ihnen wollten wir
gerade", rief Herr Dressel, der daraufhin auf sie
zulief.
Sie machte abrupt halt und sah auf. Sie brauchte einen Moment, um zu erkennen, dass sie einen Polizisten vor sich hatte, und als sie es rea-

lisierte, war keine Zeit mehr zum Wegrennen.

Er stand nun genau vor ihr und sah auf sie herab. Nicht, weil er sich für etwas besseres hielt (das vielleicht auch) doch sie war nun einmal sehr klein.

„Was ist denn?", fragte sie und sah ihn mit leerem Blick an. „Wir würden gerne ihr Haus durchsuchen, wir haben ..." „Ich verkaufe dieses Haus nicht, das habe ich Ihnen schon oft gesagt!" „Das haben sie nicht mir gesagt, sondern wahrscheinlich dem Makler. Außerdem geht es nicht um das Gebäude, sondern den Inhalt."

„Die Heizung? Klar ist die veraltet, aber ich ..." „Frau Goschn, stellen sie sich nur so dumm, oder sind sie wirklich etwas neben der Spur?" „Neben der Spur? Natürlich, wir stehen schließlich auf dem Gehsteig."

Herr Kopp lachte. „Sie haben Humor, das muss ich schon sagen. Sehen sie, wir haben aber noch andere Dinge zu erledigen, und sie doch sicher auch, nicht wahr? Je schneller sie uns in ihr Haus lassen, desto früher sind wir wieder weg."

Frau Goschn schien zu überlegen. Sie wankte etwas vor und zurück, sah auf den Boden, dann in den Himmel und wollte sich eine Zigarette anzünden, doch Herr Dressel hielt sie davon ab.

„Wir sagten doch, wir haben nicht ewig Zeit.

Wenn sie uns nicht hinein lassen, dann müssen wir sie mit auf die Wache nehmen.

„Na gut." Sie schlurfte auf die Haustür zu und blieb davor stehen. Sie wankte wieder ein wenig hin und her, dann sagte sie: „Ich muss erst den Schlüssel holen." „Und wo ist der?", fragte Herr Dressel ungeduldig.

„Auf dem Dach." „Was? Wieso verstecken sie ihren Schlüssel auf dem Dach?" „Weil er dort sicher ist."

„Holen sie ihn!", befahl Herr Dressel, dann wandte er sich an die drei Mädchen „Hättet ihr nicht eine andere Verdächtige wählen können?" „Nun, wir haben die Richtige gewählt", antwortete Cyrille, woraufhin Jette anfing zu lachen. „Das klingt so wie Martha und Libby mit ihrem Dating-Leben, `wir haben den richtigen gefunden´."

Frau Goschn hatte inzwischen ihre Leiter hinter dem Haus hervorgeholt. Sie kletterte hinauf, wobei sie versuchte, es möglichst lange hinauszuzögern, war dann aber doch nach einiger Zeit oben.

Sie setzte sich hin und zog die Leiter unerwartet schnell zu sich hinauf und legte sie neben sich. Dann formte sie mit ihren Händen einen Trichter um ihren Mund und rief auf die anderen hinab: „Er ist gar nicht hier, ich hatte ihn die ganze Zeit bei mir."

Herr Dressel stampfte wütend auf, was alle

sehr erschreckte, da es im Hof laut hallte.

„Bitte, Herr Kollege!", wies ihn Herr Kopp zurecht, „ich bin mir sicher, wir können von einer Nachbarin eine Leiter ausleihen." „Nachbarin? Hier ist weit und breit nichts als dieses Loch", knirschte Sabrina angeekelt von der Umgebung. „Na, dann müssen wir eben ein bisschen laufen."

„Aber nicht in ihrer Uniform. Wenn bei einer alten Frau plötzlich die Polizei auftaucht, dann fällt sie doch vor Schreck in Ohnmacht. Und was für manche noch schlimmer wäre, wäre die Sorge, was sich die anderen Nachbarn dann über sie erzählen würden."

„Yri, du redest ja schon, wie unsere Mutter." „Gar nicht. Aber ich weiß ja von ihr, dass ältere Leute nun einmal so ticken."

„Ich hab Hunger."

„Ruhe! Wer geht denn jetzt zur Nachbarin?", rief Herr Dressel schon wieder dazwischen. „Immer der, der fragt", erwiderte Herr Kopp. „So etwas lasse ich mir nicht bieten!"

„*Ich* gehe", rief Cyrille dazwischen und setzte ihre Worte sogleich in die Tat um.

Cyrille lief den Hang abwärts und bog dann nach rechts in eine Seitenstraße ein. Sie klingelte am ersten Haus, welches auch zum Glück geöffnet wurde. Wie vermutet, war es eine alte Frau, die zum Glück sehr nett war.

Cyrille erzählte ihr, dass sie eine Katze, die auf einem Baum festsaß, wieder herunterholen wollte.

„Es ist schön, wenn so junge Menschen anderen Geschöpfen auf diesem Planeten helfen", meinte sie daraufhin und ging mit Cyrille hinüber zu ihrem Schuppen während sie ihr von ihren eigenen Katzen erzählte: „Weißt du, ich habe so viele Katzen, die kleine Mimi bringt immer Kätzchen mit nach Hause. Natürlich behalte ich die, ich habe auch eine sehr gute Haustierversicherung. Ich habe nur vergessen, wie sie heißt... Na ja, ich brauche die Katzen ja auch, ich habe nämlich keine Enkel. Manchmal kommen Leute und kaufen ein oder zwei Kätzchen. Neulich ist eines von ihnen einfach zu mir zurückgekommen. Es ist zwar gewachsen, aber ich erkenne jeden meiner Schützlinge wieder. Ach, ich rede zu viel, das tut mir Leid, es kommt selten jemand hierher."

„Das ist schon okay." „Wenn du mal Zeit hast, dann kannst du gerne vorbeikommen. Und wenn die Katze auf dem Baum oranges Tigerfell hat, dann bring sie zu mir, wenn sie nicht wegläuft." „Äh, nein, hat sie nicht."

„Na, dann nicht. Aber du kommst doch bald wieder vorbei, ja?" „Ja, gerne, danke."

„Nichts zu danken, Kind. Oh entschuldige, du bist ja kein Kind mehr."„Ist schon okay. Die Katze wartet, auf Wiedersehen." „Ach, ich rede soviel."

Cyrille lief mit der Leiter wieder zurück zum Heckenweg. Frau Goschn saß immer noch unbekümmert auf dem Dach und ließ die Beine über die Regenrinne baumeln.

Sie gab irgendwelche Laute von sich, und als Cyrille näherkam, erkannte diese, dass es wohl so etwas wie Gesang sein sollte: *„Ich hab dich solang nicht mehr gesehen! Ich hab die Haustür offengelassen bis halb sechs! Nicht mal zum Tee wolltest du kommen, was war nur los mit dir?"*

„Ich hab die Leiter!", rief Cyrille und stellte sie an der Hauswand ab.

Frau Goschn fiel vor Schreck um, fing sich aber doch, bevor sie vom Dach fallen konnte.

Plötzlich hatte sie die Idee, den Schlüssel in das Regenrohr zu werfen, und da dieses – natürlich – verstopft war, blieb der Schlüssel irgendwo in der Mitte liegen.

Nachdem einer der Polizisten sie endlich vom Dach geholt hatte, grinste sie vor sich hin, was jedoch auch von den Drogen kommen konnte. Ein Schnelltest bestätigte es.

„Nun haben wir den noch dringenderen Verdacht, dass sie Drogen in ihrem Haus aufbewahren. Und wenn sie uns nicht hineinlassen, dann müssen wir die Tür wohl aufbrechen."

„Was ist denn hier los?" Bruneline war plötzlich aufgetaucht. Wo sie sich herumgetrieben hatten, wussten sie nicht, doch nun war sie nach Hause gekommen.

„Oh nein, nicht die schon wieder." „Gleichfalls."

„Bruneline, ich hatte gedacht, du wärst schon längst zu Hause und versteckst dich drinnen?" „Nein, Mama." „Oh, das hab ich gar nicht gemerkt."

„Bruneline, wärst du so freundlich, uns den Schlüssel zu eurem Haus zu geben?" „Nein, wär ich nich", antwortete Bruneline und wollte wieder gehen, als ein Auto anhielt.

Es stiegen Herr Tasman und zwei Cyrille unbekannte Männer aus, wobei der eine Herrn Tasman und der andere Bruneline ähnlich sah.

„Mario! Was machst du denn hier?", schrie Frau Goschn und wedelte vor Freude mit den Händen. „Um meine Tochter zu sehen", antwortete Herr Goschn.

Dann musste der dritte Mann wohl tot sein. Ups, falsches Buch; dann musste der dritte Mann wohl Herr Tasmans Bruder, der Anwalt sein.

„Ach, auch mal auf die Idee gekommen, nach drei Jahren?" mischte sich Bruneline ein. „Was ist denn so toll an deiner Neuen, dass du nie vorbeigekommen bist?"

„Neue, welche Neue?", fragte Herr Goschn. „Tu doch nich so, deswegen hast du Mama doch verlassen!", rief Bruneline wütend. „Was erzählst du unserer Tochter? Merkst du nicht, wie sie so langsam wie du wird? Frederik hat mir alles erzählt, wie sie sich benimmt, willst du, dass sie so endet, wie du? Als Dealerin?"

„Das ist nicht bewiesen", antwortete Frau Goschn, die immer noch von ihm fasziniert zu sein schien.

„Wird es aber bald sein; nach erneuter Anklage und mit den Beweisen", meinte der Anwalt.

Er hatte eine sehr ruhige Stimme, die außerdem ein bisschen schläfrig klang.

Allgemein wirkte seine Erscheinung so, wie wenn er gar nicht bemerkt werden wollen würde, was für einen Anwalt normalerweise kontraproduktiv gewesen wäre. Doch irgendwie bewirkte seine Stimme, dass man ihm zuhören musste.

„Was soll das heißen? Mama ist doch keine Dealerin! Was soll der Quatsch?" „Das ist kein Quatsch, meine Süße."

„Nenn mich nich so!", schrie Bruneline, während Sabrina lachte.

„Tut mir Leid, aber es stimmt wirklich! Sie hat es mir damals selbst erzählt. Ich habe ihr natürlich gesagt, dass das nicht geht und dass das nicht gut für dich ist, in so einer Umgebung aufzuwachsen. Aber sie wollte nicht hören. Und dann habe ich sie angezeigt. Sie hat es aber irgendwie geschafft, alles zu verstecken und so stand Aussage gegen Aussage und ich habe vor Gericht verloren. Weißt du nicht mehr, wie du an dem Tag eigentlich zur Nachbarin solltest, die aber wegen ihres Hauses einen Termin beim Notar hatte, und dich dann doch noch beim Gericht vorbeigebracht hat? Mann, war ich da wütend auf sie! Und mein Antrag auf Sorgerecht wurde deswegen abgelehnt."

„Aber sie hat es doch gut bei mir", es war ein Wunder, dass Frau Goschn überhaupt aufpassen konnte, „sie hat nichts davon mitbekommen!" „War das ein Geständnis?", fragte Herr Dressel. „Nein..."

„Ich will es erst selbst sehen, bevor ich das glaube!", rief Bruneline und ging auf die Haustür zu.

„Nein, lass das", schrie ihre Mutter ihr nach, doch sie sperrte auf.

Die Polizisten und der Anwalt stürmten hinein. Sie brauchten keine fünf Minuten, um die ersten drei Kisten weißes Pulver zu finden.

„Also, so wie ich das sehe, sind das die Drogen", meinte Herr Dressel.

„Mama, was hat das zu bedeuten? Mama?", rief Bruneline ihrer Mutter hinterher, als diese abgeführt wurde. „Gar nichts, Schatz, das ist alles ein Irrtum. Gehst du inzwischen zur Nachbarin, ja?"

„Ich würde vorschlagen, dass ich sie mitnehme, immerhin wird sie sich wieder an mich gewöhnen müssen, wenn sie in Zukunft bei mir wohnt", antwortete Herr Goschn.

„Ach, und mich fragt ihr gar nicht, was ich will? Was, wenn ich nicht bei dir wohnen will, he?" - „Wieso denn nicht?"

„Is das dein Ernst? Du tauchst hier nach drei Jahrn einfach auf und denkst ernsthaft, dass du so tun kannst, wie wenn nix gewesen wär? So läuft das aber nich, ich hab dir nich verziehen, dass du Mama und mich einfach so zurück gelassen hast. Und wenn du denkst, dass du mich jetz einfach so mitnehmen kannst, dann hast du dich geschnittn!", schrie Bruneline und rannte, kaum dass sie geendet hatte, wieder den Hügel hinunter.

„Aber, ich wollte dich doch damals schon mitnehmen!" rief er ihr hinterher.

„Und warum hast du Mama überhaupt geheiratet, wenn du sie nicht liebst?" Bruneline war stehen geblieben und hatte sich wieder zu ihm umgedreht.

„Wer sagt denn, dass ich sie nicht liebe?", fragte ihr Vater vollkommen irritiert.

„Ich kenn doch dieses Gelaber, von wegen `in guten, wie in schlechten Zeiten´aber als Mama eine dieser schlechten Zeiten hatte und sie dich gebraucht hätte, hast du ihr nich geholfen, sondern sie einfach angezeigt!"

Und damit rannte sie weg.

Die Mädchen wurden noch einmal aufs Polizeipräsidium gebeten, um Ihre Aussagen zu Protokoll zu geben.

Auch, wenn Bruneline nie wirklich nett zu ihnen gewesen war, hatte Cyrille doch ein wenig Mitgefühl. Sie könnte sich gar nicht vorstellen, wie es wäre, wenn ihr Vater plötzlich weg wäre.

Langsam hatte Cyrille genug vom ewigen denken, sie wollte diesen Fall abgeschlossen haben, doch noch war Frau Goschn gerade einmal verhaftet.

Aber auch wenn sie verurteilt werden würde, waren da draußen ja immer noch viele weitere Dealer.

Frau Felsenstein war noch nicht fähig, zu unterrichten. Die Chemiesäle waren noch nicht wieder betretbar. Doch hatten sie nach langer Zeit wieder Englisch, da Herr Joke sich endlich wieder in die Schule getraut hatte.

Sie alle waren überrascht festzustellen, dass sie ihn ja erst ein einziges Mal in diesem Schuljahr gesehen hatten.

Er machte noch einen verschüchterten Eindruck. Doch Bruneline konnte ihn nicht belästigen, da sie nicht in die Schule gekommen war. Die ganze Klasse wusste, dass sie schwänzte.

Cyrille, Jette und Sabrina hatten allen erzählt, was vorgefallen war. Es wäre ohnehin am nächsten Tag in der Zeitung erschienen.

Die Klasse feierte sie nun als Heldinnen. Cyrille fand es zwar anfangs etwas befremdlich, doch sie merkte schnell, dass niemand von ihr erwartete, nun immer wieder Heldenhaftes zu tun.

Frau Wilhelm-Ludwig hatte ursprünglich vorgehabt, Unterricht zu machen, doch die Klasse hing zu sehr an Sabrinas Lippen, die alles noch einmal erzählte, wobei sie alles etwas dramatischer darstellte. Eigentlich wusste sie einen Teil auch nur aus den Erzählungen ihrer Freundinnen, doch das hielt sie nicht davon ab, sich selbst zu präsentieren.

Als sie fertig war, begann Frau Wilhelm-Ludwig gleich damit, den Test auszuteilen, bevor wieder etwas dazwischen kam. Cyrille hatte eine drei, was für sie völlig in Ordnung war, schließlich hatte sie ja anderweitig zu tun gehabt.
Jette hatte eine zwei, welche sie sogleich mit Kuchenbröseln bestückte. Sie nahm immer Kuchen mit in die Schule, wenn sie einen Test zurückbekamen. Wenn sie eine gute Note hatte, dann aß sie alles davon auf. Wenn nicht, dann nicht. Logisch.
Sabrina hatte ebenfalls eine drei, und sie freute sich, dass Florian die gleiche Punktzahl wie sie hatte. Florian war nur froh, dass Frau Wilhelm-Ludwig nicht auf die Idee gekommen war, sie hätten voneinander abgeschrieben. Doch immerhin hatten sie zusammen gelernt.

Frau Wilhelm-Ludwig machte zu niemandem Bemerkungen übers spicken, wahrscheinlich war sie Sprüche gewohnt, wie 'natürlich haben wir die gleichen Antworten, wir hatten ja auch die gleichen Fragen'.

Zuhause angekommen interessierte sich Frau Bergschmidt überhaupt nicht für den Test, sondern nur für den Brief, welcher mit der Morgenpost gekommen war.
Er war vom Gericht, weshalb sie ihn geöffnet hatte, obwohl er an die Schwestern adressiert war. Da er von Staatsanwalt Tasman unterschrieben war, dachte Frau Bergschmidt zuerst, es wäre ein Scherz.
Da fiel Cyrille ein, dass sie ihrer Mutter noch kein Wort von alledem erzählt hatten, und so rief sie Carola zu sich, um dies gemeinsam nachzuholen.
Die Augen ihrer Mutter wurden bei jedem Satz größer, während sie zwischen den Schwestern und dem Brief hin und her starrte.
„Wie könnt ihr euch nur in solche Gefahr begeben! Habe ich euch denn nichts Vernünftiges beigebracht?", rief ihre Mutter, als sie geendet hatten. „Doch, hast du, es waren keine Jungs dabei!", antwortete Carola und grinste.
Ihre Mutter atmete ein paar mal tief ein und aus, bevor sie sagte: „Das ist mir doch egal!" die Schwestern sahen sich an. Sie hatten die

170

Logik ihrer Mutter noch nie so ganz verstanden, aber das konnte sie doch nun wirklich selbst nicht verstehen.

„Was meinst du damit?", fragte Carola verschmitzt. Ihre Mutter verstand sofort, worauf sie hinaus wollte, also zog sie es vor, ihr keine Antwort zu geben. Stattdessen wandte sie sich wieder an Cyrille: „Wieso hast du nur deine kleine Schwester da mit hinein gezogen! Es reicht doch schon, wenn du dich unnötig in Gefahr begibst!" „So klein ist sie jetzt nun auch wieder nicht, außerdem habe ich sie zu nichts gezwungen, sie hat freiwillig mitgemacht."

In diesem Moment klingelte das Telefon. Carola lief sogleich hin, übergab den Hörer jedoch an Cyrille, „Es ist Jette." „Über die reden wir später auch noch, Cyrille!", bläkte ihre Mutter ihr hinterher.

„Hey, Cyrille, ist bei euch auch schon ein Brief angekommen?" „Ja, ich habe ihn aber noch nicht lesen können, meine Mutter hat ihn abgefangen."

„Oje. Meine Mama hat ihn auch schon gelesen. Sie hat zuerst gesagt, ich bekäme eine Woche Süßigkeitenverbot, aber wegen diesem `Dienst an der Allgemeinheit´ hat sie dann gesagt, sie fände das so toll, dass ich diese Woche mehr Süßigkeiten bekäme. Versteh einer die Mütter."

„Deine kann ich ja noch so halbwegs verstehen, meine ist da ganz anders." „Echt, aber zu mir war sie ganz nett. Na ja, egal. Darfst du dann überhaupt zum Gericht? Du musst ja immerhin deine Zeugenaussage machen."

Cyrille stutzte. Hätte Jette sie nicht angerufen, hätte sie dies wahrscheinlich nie erfahren und hätte sich am Ende noch strafbar gemacht.

Hätte, hätte Fahrradkette, Jette hat noch eine Bitte.

„Kann ich demnächst mal wieder zu euch? Bei euch gab's so tolle Rühreier."

„Natürlich kannst du das." Cyrille lachte. Wenn ihr Vater eines konnte, dann waren das Rühreier (er konnte zwar noch viel mehr, aber nur *dies* war jetzt gerade wichtig).

Cyrille legte auf. Carola hatte inzwischen angefangen Tom zu bürsten, während ihre Mutter noch einmal den Brief durchlas und dabei den Kopf schüttelte.

„Mama, müssen wir da wirklich eine Aussage machen?" Frau Bergschmidt schien nachdenklich geworden zu sein. Sie war nun nicht mehr wütend, sondern machte eher einen erschöpften Eindruck.

„Ja, Schatz ihr müsst da hin. Ich überlege nur, ob..." „Ob, was?" „Nicht so wichtig, Cyrille, ich denke, ich rufe erst einmal euren Vater an." Damit ging sie zum Telefon.

„Was ist denn mit der los?", fragte Carola verwundert. „Ich habe absolut keine Ahnung."

172

Frau Bergschmidt ließ sie nicht lange auf die Antwort warten. Als sie sich alle zum Abendessen versammelt hatten, berichtete sie, was am Nachmittag vorgefallen war. „Nun, ihr kennt doch diese Gruppe von Frauen, mit denen ich mich hin und wieder treffe..." „Jaah", erwiderten die Mädchen etwas genervt, doch ihre Mutter fuhr fort: „Wisst ihr, in den Teilnahme-Regeln steht ganz klar geschrieben, dass man dort nur dabei sein darf, wenn man nichts mit Verbrechen zu tun hat. Man darf auch keine Polizistin sein, auch wenn die ja eigentlich gegen das Verbrechen sind. Also habe ich heute Nachmittag dort angerufen und habe die Chefin gefragt."

Sie machte eine kleine Pause. „Sie hat gesagt, ich dürfe mit solch ungesitteten, nicht damenhaften Bälgern nicht die Sittlichkeit der Damen stören. Da habe ich sie dann angeschrien, sie solle meine Töchter nicht beleidigen, weil es erstens nicht stimmt und zweitens ist es nicht damenhaft über andere zu lästern. Dann wurde sie noch wütender und hat aufgelegt. Tja, ich schätze, damit bin ich dort wohl raus."

Die Mädchen ließen es sich zuerst nicht anmerken, als sie aber in Cyrilles Zimmer waren, begannen sie mit ihren Jubelschreien. Endlich waren sie die täglichen Belehrungen durch diese Gesellschaft los. Ihre Mutter würde sich wieder normalisieren und ihnen nicht mehr wie ein

Wachhund überall auflauern.

Anscheinend waren sie etwas zu laut gewesen, da wenig später ihr Vater zu ihnen ins Zimmer kam. „Was ist denn hier los? Bekämpft ihr so die Verbrecher? Mit einem Kriegstanz?" Er grinste.

„Nein", riefen die beiden, woraufhin er noch mehr lachte. „Ach ihr beiden, ich meine das doch nicht ernst. Was ich aber ernst meine, ist, dass ich wirklich stolz auf euch bin, ich habe ja immer gewusst, dass man euch unterschätzt. Außerdem brauche ich mir wegen des Hundes", er streichelte Tom den Kopf, „um euch keine Sorgen zu machen. Und wenn ihr in Zukunft die Cassandra mit ihrem Wissen, und die Jette mit ihrem großen Hunger dabei habt, dann weiß ich euch in Sicherheit." „Danke Papa", meinten die Schwestern. „Aber was hat Jettes Hunger damit zu tun?" „Sie weiß, dass wenn man sie gefangen nehmen würde, sie nicht genug zu essen bekäme, und sich deshalb nicht erwischen lässt und euch auch nicht."

Cyrille grinste zufrieden.

Schwarzer Kater

Am Freitag war es dann soweit; der Gerichtstermin stand an. Cyrilles Mutter war nun auch sehr stolz auf ihre Töchter und ließ jeden vor dem Gerichtsgebäude wissen, dass es *ihre* Töchter waren, die diese Frau der Polizei ausgeliefert hatten.

Die Reporter fanden in der Eingangshalle wegen der vielen Jugendlichen fast keinen Platz mehr. Sabrina und Florian hatten ganze Arbeit geleistet und allen aus ihrer Klasse den Termin zugeschwatzt.

Selbst Bruneline war gekommen. Sie hatte es jedoch vom Gericht selbst erfahren, genauso wie die Freunde.

Sie hätten ihre Klassenkameradin fast nicht erkannt, da diese an diesem Tag ausnahmsweise keine Schminke trug. Auch ihren Dutt hatte sie weggelassen, der anscheinend nur aufgesteckt gewesen war, da ihre Haare gerade einmal kinnlang waren.

Sie standen von der ewigen Haargel-Tortur nun ab, ähnlich wie Jettes. Jetzt wussten sie, warum Bruneline Jette immer beschimpfte.

Sie war mit sich selbst unzufrieden und wollte es verdrängen.

Dadurch, dass sie mit Jette jedoch jeden Tag in der Klasse war, musste sie es notgedrungen sehen und schimpfte darüber, weil sie es nicht wahrhaben wollte.

Worüber sich jedoch alle freuten, war, dass Cassandra wieder da war. Sie hatte ihren Austausch vorzeitig beenden müssen, da sie schließlich auch eine Zeugin war.
Sie wurde von ihren Klassenkameraden freudig begrüßt und führte ihnen gleich vor, was sie in Russland neues gelernt hatte: Schimpfwörter.
Hätten die Gerichtsbeamten diese verstanden, wären sie wahrscheinlich nicht sehr begeistert gewesen.

Während die Zuschauer schon hineingingen und schließlich auch Frau Goschn hineingeführt wurde, mussten die Freundinnen noch draußen warten.
Ein paar Reporter wollten sie befragen, doch da ging Staatsanwalt Tasman dazwischen. Sie sagten es zwar nicht laut, doch sie waren ihm dankbar dafür.
Obwohl die Tür verschlossen war, konnten sie trotzdem Frau Goschn hören, die sich zu verteidigen versuchte. „Das ist kein Alkohol, das ist Öl! AlkohÖl..."
Frau Goschn schien nicht so ganz bei der Sache zu sein, obwohl sie zur Abwechslung nicht high war.
Dann wurde Carola hineingebeten. Anschei-

nend ging es nach Alphabet. Carola brauchte etwas länger für ihre Aussage, da Frau Goschn immer wieder dazwischen rief: „Aber das stimmt doch gar nicht. Außerdem, wo hast du überhaupt deine Haare gelassen? War das etwa nur eine Perücke? Dann bist du auch eine Schwindlerin!"

Cyrille vermutete, dass Carola die Augen verdrehte, angesichts der Tatsache, dass sie schon wieder für ihre ältere Schwester gehalten wurde.

„Also die übertreibt total. Als ob ihr euch so ähnlich sehen würdet. Die ist wahrscheinlich immer noch high. Da hat die wohl was mit in den Knast geschmuggelt", lachte Sabrina.

„Hat sie nicht! Außerdem, kannst ja du auch nicht gerade behaupten, dass du deinem Bruder ähnlich siehst."

Bruneline hatte genau ins Schwarze getroffen. Sabrina rastete aus. Sie stand auf und lief zu Bruneline hinüber, um handgreiflich zu werden, doch diesmal ging Herr Teufel-Tasman dazwischen. „Ihr seid unerträglich, alle beide. Könnt ihr nicht endlich aufhören, euch ständig anzugiften? Da sind ja die Zicken aus der siebten nett und ruhig dagegen." „Sie haben doch keine Ahnung!", rief Bruneline wütend. „Dann erklärt es mir." Herr Tasman verschränkte die Arme vor der Brust. Es war sehr ungewöhnlich für ihn, sich etwas erklären zu lassen.

Sabrina wollte nicht darüber sprechen, vor allem nicht mit ihm. Bruneline war immer noch der Ansicht, dass sie Recht hatte: „Sie hat mit allem angefangen. Wir saßen in der fünften Klasse im Stuhlkreis mit der ganzen Klasse und es ging drum, was jeder mit'm Taschengeld macht. Und sie hat gesagt, sie verbrät das alles beim Friseur."

„Und sie hatte dann die Dreistigkeit zu sagen, dass alle Kurzhaarfrisuren gleich aussehen..." gab Sabrina zurück.

„Und sie hat dann zu mir gesagt `außer deine, die sieht bescheuert aus´," beschwerte sich Bruneline.

„Und sie hat mich dann Klonschaf genannt!", rief Sabrina und funkelte Bruneline böse an.

„Aber das beweist, dass du angefangen hast!"
„Du hast mich provoziert!" „Hab ich nich!"

Da kam ein Gerichtsdiener aus dem Saal und sagte zu ihnen, sie mögen doch bitte leise sein. Bruneline und Sabrina setzten sich wieder auf ihre Plätze.

Kurz darauf wurde Cyrille gerufen und begab sich in den Zeugenstand. Ihr gegenüber saßen der Richter und die Schöffen, am Tisch 2 Meter rechts von ihr Staatsanwalt Tasman und Brunelines Vater, 2 m links von ihr Brunelines Mutter mit ihrem Verteidiger.

Nachdem der Richter ihre Personalien überprüft hatte, begann er mit der Befragung. „Sie haben also festgestellt, dass Frau Goschn eine Dealerin ist, ist das richtig?" „Ja."

„Nein! Ich bin keine!", rief Frau Goschn dazwischen.

„Sie hatten vorhin die Gelegenheit, ihre Aussage zu machen, also seien Sie jetzt bitte ruhig", erwiderte der Richter etwas genervt und wandte sich wieder an Cyrille, „Wie ich ihrer polizeilichen Aussage entnehme, hatten sie nicht genug Beweise, um die Angeklagte, nun ja, anzuklagen."

„Ja das stimmt. Und weil wir unserer Deutschlehrerin vertraut haben, dachten wir, wir erzählen es ihr."

Cyrille hatte langsam keine Lust mehr, alles schon wieder zu erzählen. Es wurde erst spannend, als der Richter sie zu Bruneline befragte.

„Hatten sie denn den Eindruck, dass die Tochter der Angeklagten auch Drogen konsumierte?" Cyrille war erst etwas verwundert, doch dann wurde es ihr klar: Wenn Bruneline das Drogenversteck in der Küche zufällig entdeckt hätte, dann hätte sie sich jeden Tag zudröhnen können, ohne dass ihre Mutter etwas bemerkt hätte.

„Also, sie war natürlich immer unfreundlich zu uns allen, aber sie war nie high, dass hätten zumindest die Lehrer bemerken müssen." „Wir hören später noch ein paar Lehrer, aber zuerst möchte ich noch wissen, ob ..."

179

Doch Frau Goschn fand es offensichtlich notwendig, sich wieder einzumischen. „Bruneline war nie einer Gefahr ausgesetzt. Ich habe das alles so versteckt, dass sie es nie finden würde! Und außerdem hatte ich ihr verboten, diesen Teil der Küche zu benutzen."

„Sie unterbrechen ja schon wieder. Aber um auf ihren Einwand einzugehen; Sie können nicht so ohne weiteres einen Teil der Küche aus dem Alltag streichen. Und denken sie wirklich, dass ihre Tochter ihnen gehorcht, wenn sie ihr sagen, dass sie etwas nicht tun darf? Wie wir schon von der Zeugin Bergschmidt gehört haben, ist ihre Tochter sehr frech. Solche Kinder verstehen es, Regeln zu missachten. Denken sie nicht, dass es für ihre Tochter spannend gewesen wäre? Außerdem haben sie die Kisten mit dem Heroin mit der Aufschrift `Heorin´getarnt."

„Hat sie aber nicht, ich habe das alles so schön versteckt. Und meine Drogenwanne ist sehr hässlich, die hätte Bruneline nie angefasst!"

„Sie geben also zu, dass sie die Drogen dort versteckt haben, mit der Absicht, diese weiterzuverkaufen? Und dem Wissen, dass dies illegal ist?"

Frau Goschn stockte. Sie blieb zuerst ruhig, doch dann sah sie zu ihrem Mann, der sie vorwurfsvoll ansah, und meinte „Ja, das stimmt."

„Na also, da haben wir es doch!" „Bitte, Herr

180

Goschn, bewahren sie Ruhe. Also Frau Goschn, dann bleibt nur noch eine Frage offen: Für wen arbeiten sie?"

„Äh, ich bin selbstständig." „Na hören sie mal, das nimmt ihnen doch keiner ab. Sie bekommen die Drogen von jemandem und verkaufen sie dann auf dem Schulhof. Und wenn das nicht funktioniert, dann gehen sie in den Stadtpark, oder?"

„Ja, ok, das stimmt. Aber wenn ich meinen Boss verpfeife, dann bin ich dran." „Nein, dann werden diese Leute festgenommen, die können ihnen dann nichts mehr anhaben, Frau Goschn."

„Darf ich der angeklagten eine Frage stellen?", fragte der Staatsanwalt. Der Richter bejahte. „Frau Goschn, arbeiten sie zufällig für eine Drogenhändlerkette Namens `Krokodil´?"

„Na ja, eigentlich heißen wir Kroko*deal.* Verstehen sie Deal, ha ha! Ups." Frau Goschn hielt sich die Hand vor den Mund.

Nach dem Prozess wurde Frau Goschn wieder abgeführt. Sie hatte nicht viel über Krokodeal erzählen müssen, da die Richter schon Bescheid zu wissen schienen.

Cassandra, wusste natürlich auch alles darüber: „Krokodeal, wirklich? Da haben wir aber einen dicken Fisch gefangen. Fisch ist das Stichwort; alle Mitglieder bekommen einen

Codenamen, der mit einem Tier zu tun hat."

„Ach deswegen hat sie ständig von einem Breit-maulfrosch geredet. Na ja, wenn sie schon Goschn heißt."

„Genau, jeder bekommt einen zu ihm passen-den Namen. Sie benutzen untereinander nur diese. Es konnten bisher nur drei der über 1000 Mitglieder festgenommen werden. Mit ihr sind es jetzt vier.

„Eine gerade Zahl, das ist doch super", meinte Carola fröhlich.

„Entschuldigung, dürften wir sie alle interview-en?", fragte ein Reporter und hielt ihnen bereits das Mikrofon hin.

Auch Frau Felsenstein wurde befragt, da sie schließlich auch ihren Beitrag zur Aufklärung geleistet hatte, wenn auch zeitweise etwas un-freiwillig.

Währenddessen fragte sich Cyrille, ob ihre Klasse in diesem Schuljahr überhaupt noch et-was lernen würde, mit Ausnahme von Bio, Geo, Katholischer Religion und Ethik.

In allen anderen Fächern hatten sie aufgrund tragischer Vorfälle die Stunden entweder aus-fallen oder verschieben lassen müssen.

Auf was für einer `tollen´ Schule Cyrille doch war!

„Irgendwie schade, dass es jetzt vorbei ist",

seufzte Jette traurig, als sie zum Parkplatz gingen.

„Das Leben geht weiter", meinte Cassandra und legte ihr einen Arm um die Schulter, „Euch ist doch auch klar, dass der Fall noch nicht abgeschlossen ist, oder? Da draußen laufen noch 1000 gefährliche Verbrecher herum, die wir zu fangen haben. Aber diesmal will ich dabei sein."

„Versprochen!", riefen Sabrina, Jette und Cyrille.

„Aber das hat doch noch bis nach dem Schullandheim Zeit", meinte Jette, die sich fragte, wie wohl das Essen in der Jungendherberge sein würde.

„Das hängt nicht von uns ab, das werden wohl die Verbrecher entscheiden. Aber ich denke, zu siebt werden wir das hinbekommen." „Zu siebt, wer soll denn das alles sein, Cassi?", fragte Sabrina skeptisch.

„Cyri, Jette, du, ich, Caro, Tom und Flori. Macht sieben, wenn ich mich nicht verrechnet habe."

„Geht sowas bei dir überhaupt?", fragte Cyrille und grinste Cassandra an.

„Und was ist mit mir?", fragte eine Stimme hinter ihnen. Es war Frau Felsenstein, die nun von den Freundinnen entsetzt angesehen wurde.

Sie lachte „Das war nur ein Scherz, ich weiß ja jetzt, dass ich keine große Hilfe bin, außerdem möchte ich nicht noch einmal in einem Keller eingesperrt werden." Sie seufzte. „Jedenfalls, muss ich jetzt weiter. Jennifer und ich müssen noch ihren Kater suchen." Sie lief traurig zu ihrem Auto und fuhr langsam davon."

„Und, wie fühlt man sich so als Heldin der Nation?", fragte ihr Vater, als sie nach Hause fuhren. Cyrille wusste, dass er extra so hochgestochen redete, damit sie auf jeden Fall alles erzählte.
„Ach Papa, könnten wir noch schnell in die Blumenstraße fahren?" „In die Blumenstraße? Das ist doch in der Nähe des Heckenweges, oder? Hattest du nicht schon genug Verbrecherjagd für dieses Jahr?", lachte er und sah seine Tochter durch den Rückspiegel an.
„Für dieses Jahr vielleicht noch nicht, aber das will ich jetzt gar nicht. Ich muss eine Katze abholen." „Darüber haben wir aber nicht gesprochen", rief ihre Mutter und drehte sich zu ihr um.
„Die ist doch nicht für mich. Ich möchte sie nur ihrer Besitzerin wieder zurückbringen", antwortete Cyrille ruhig.
Und so fuhren sie in die Blumenstraße. Cyrille stieg aus und lief zu dem Haus der alten Frau, von der sie sich vor über einer Woche die Leiter ausgeliehen hatte, und dann fast vergessen hätte, diese wieder zurückzubringen.
Sie klingelte. Eine Tätigkeit, die sie auch gehäuft in den letzten Wochen ausgeführt hatte.

Wenn sie noch mehr Dealer fangen wollten, dann würde sie in Zukunft das Klingeln den anderen überlassen.

Zum Glück brauchte die Frau nicht so lange zum Türe öffnen, wie Frau Goschn. „Ah, da bist du ja wieder, ich habe mich schon gefragt, ob du überhaupt noch einmal kommst. Komm herein." Die Frau hielt ihr die Tür auf und Cyrille trat ein.

Ihr Haus war sehr gut ausgeleuchtet, nicht so wie bei den meisten alten Frauen, bei denen Cyrille schon gewesen war. Die Wände waren über und über mit Bildern der verschiedensten Katzen übersät. Auf den Schränken schliefen die Katzen selbst.

„Setz dich doch dort auf das Sofa, aber Vorsicht, es könnte ein Kätzchen dort liegen."

„Danke, aber ich habe wenig Zeit, ich habe nur eine Frage. Sie sagten doch neulich, dass eine ihrer früheren Katzen wieder bei ihnen aufgetaucht sei."

„Ja, das stimmt, der gute Mr. Fluffy-Muffins. Ich hätte nicht gedacht, dass ich ihn noch einmal sehen würde. Aber wie gesagt, ich erinnere mich an alle meine Katzen."

„Und erinnern sie sich auch, an wen Sie ihn verkauft hatten?", fragte Cyrille, ohne dabei besonders neugierig zu klingen.

„Aber natürlich! Das war die gute Jennifer, eine Lehrerin, Deutsch und Geschichte oder so ähnlich. Sie hat so einen schönen Nachnamen; O'MacSon. Sie muss einen langen Familienstammbaum haben. Aber ich wundere mich, dass sie ihn gehen hat lassen, sie war so vernarrt in ihn."

Cyrille lächelte zufrieden. Sie hatte den verschwundenen Kater gefunden.

Nach einer kurzen Erklärung, Jennifer hätte zwar einen Aufpasser engagiert, der aber nicht aufgetaucht war, gab ihr die Frau den Kater, um ihn zurück zu bringen.

Cyrille fühlte sich wieder schlecht, dass sie die nette Frau hatte anlügen müssen, doch sie wollte nicht deren fröhlichen Alltag trüben.

Frau Bergschmidt schnaufte ein wenig, als Cyrille sich mit Fluffy ins Auto setzte. Ihr waren Hundehaare schon genug.

Cyrille hatte nicht bedacht gehabt, dass es in ihrem Auto nach Hund roch, und deswegen der Kater Angst bekommen könnte.

Doch es war nicht weit bis zu Jennifers Haus und Cyrille rannte, immer noch mit dem Kater auf dem Arm, zur Haustür.

Und wieder konnte sie ein Klingeln nicht umgehen. Jennifer öffnete die Tür. Man sah ihr an, dass sie nicht mit Besuch gerechnet hatte, doch als sie ihren Kater sah, änderte sich ihr Gesichtsausdruck vollkommen. „Fluffy! Da bist du ja! Ilse, komm her, Fluffy ist wieder da!", rief sie Frau Felsenstein zu. „Hat *er* an der Tür geklingelt?", schrie diese hysterisch durch das Haus.

„Nein, eine deiner Schülerinnen hat ihn gebracht. Danke dir, du weißt ja gar nicht, wie viel mir Fluffy bedeutet", hauchte Jennifer unter Freudentränen und nahm Fluffy auf den Arm.

„Ach so", hörte man Frau Felsenstein aus dem Flur, die gleich darauf auch im Türrahmen stand.

„Hallo Cyrille", sagte sie, während Jennifer in die Küche ging, um Mr. Fluffy-Muffins Futter zu geben.

„Hallo Frau Felsenstein. Geht es ihnen eigentlich wieder gut?", fragte Cyrille.

„Falls du an den Keller bei der Fabrik denkst, den habe ich leider noch nicht vergessen, aber Jennifer bleibt noch ein paar Wochen hier und kümmert sich um mich. Und nun anscheinend auch um Fluffy."

„Sie mögen ihn wohl nicht?", fragte Cyrille.

„Doch, doch, er ist sehr süß. Etwas faul, aber ich denke das ist besser, als wenn er Vasen kaputt macht."

Cyrille wusste sofort, dass sie es niemals zulassen durfte, dass ihre Mutter mit einer der beiden Frauen sprach. Sonst würden sie am Ende noch zusammen hunderte von Vasen kaufen. Sie verabschiedete sich wieder und lief zum Auto zurück.

Endlich fuhren sie nach Hause, wo Tom schon auf sie wartete. Er hatte keine Vase kaputt gemacht und wedelte mit dem Schwanz.

„Wollen wir mit Tom raus gehen?", fragte Carola und wollte schon die Leine holen.

„Caro, wir sind gerade erst heimgekommen, außerdem finden wir sonst nur wieder Dealer."

„Das wäre doch gut, oder nicht? Na, wenn du meinst."

„Du Caro, meinst du nicht, es war alles ein bisschen zu einfach? Ich meine, eine Mitarbeiterin einer international gesuchten Bande verplappert sich doch nicht so einfach."

„Na ja, sie hat schließlich auch selbst was von dem Zeug genommen, da weiß man nicht mehr, was man gerade tut oder sagt."

„Vielleicht hast du Recht..." überlegte Cyrille.

Carola lächelte sie an: „Ich merke schon, du bist noch total durch den Wind. Komm, ich lese dir jetzt was vor."

Über die Autorin

Kathrin Klein war bei Vollendung dieses Buches 15 Jahre alt und besuchte die 10. Klasse eines Gymnasiums.

Sie alltagte mit ihrer Familie zwischen Nürnberg und Würzburg.

Auf die Idee dieses Buches kam sie während eines Familienurlaubs in Südtirol, als sie wegen eines Schluckaufs nur „Jette" statt „jetzt" hervorbrachte.